# 青い馬

第四號

# 青い馬 第四號 目次

# 海

本多信

白い倉庫と赫土の斷層と黑い松の點在する見知らぬ遠い海邊の町を、眠りをさそふやうなものうい轟音の中に僕の汽車は搖れてゐる。一つの人影もない車室に流れてゐる硝子のやうな空氣を感じながら、僕と少女はぼんやりと窓の外を見てゐた。色褪せたすみれ色の脣の間に皓い齒をすこし覗かせて、靜脈の透いて見える指輪のない手を頬にあてた少女の痴呆のやうに輝る瞳の中に、眞蒼なインクのやうな海が流れてゐる。窓からの風が彼女の薄いあぢさゐ色のスカートを落下傘のやうにひろげると、少女は無雜作に身づくろひしながら兩手を訴へるやうに僕の肩にそつと置いて、淋しさうに笑ふのだつた。僕はやさしく少女を抱いてやつた、つめたい肌の中のほのかな體溫と遠くの歌のやうな心臓の鼓動を聞きながら心の中で、（君は僕から逃ちやいけない、僕は淋しいんだいやだ、やだよう、僕を置いてつちやあ厭だよ、僕をしつかり抱いてておくれよ）と、聲をふるはせて叫びながら。垂れさがつた布の背景畫のやうに不思議に窓外の風景はいつまでもぢつと動かずにゐる、白い倉庫と赫土の斷層と點綴された黑い松のうしろに高い水平線を描いて橫はる海のほかにはなにものも見えない、汽車は重い鐵扉のやうにうごいてゐる。

（そんなに强く抱いちやいや、あたしいま、死んだお父さんのことを考へてゐるんですもの）（だつて、僕は怖いんだよ、海を見てゐるとわけの解らない不安が霧のやうに僕の頭をつゝむんだ、僕は苦しいよ）（あんた病氣なんだわ、きつと）（うん、病氣かも知れない。だが、いつたいこの汽車は何處へ動いてゐるんだい、見給へ、乘つてゐるのは君と僕と二人きりだ、風景は石のやうに動かないぢやないか、君、僕を放しちや厭（や）だよ、僕は君一人のために生きられるかも知れないからね）しかし、少女の瞳は僕の言葉がひゞかないかのやうに遠い水平線を走つてゐる。僕は僕の頰をそつと少女の頰によせた、夕暮がもう深く海の上に落ちて白い倉庫の壁だけが花のやうに浮び上つて見える。（男つて、みんな嘘つきだよ、つて、死んだお父さんはよくあたしに話したわ）ほそぼそとしたこの少女の聲に思はず僕は少女の側からはなれてぢつとその姿に見入つてゐると、夕靄の中に眠つたやうな美しい少女の影はいつかうらさびた夕暮れの光りの中へ消えてしまつた。Ａｈ！　と、ふるえた叫びをあげた僕は、一瞬寶石のやうに床上に散つた、車內も窓外もすべてが漆黑の闇だつた。やがてしづかに顏をあげると展望車の奥にたゞ一つ小さな灯りがついてゐるのが見えた、僕は夢中で駈け出した、それは大空にきらめく一點の星であつた。はづみをくらつた僕は丸太のやうに海の上に轉落した、意外にも暗い海はブリキの板のやうな凄じい音をたてゝ僕を呑みこんだ。…………

この不思議に色彩（いろ）のある夢に疲れて、いつもより少し遲く目覺めた僕はぼんやりと街へ出た。

午前の陽が街を眞二つにして靑空には綿のやうな夏雲が雪崩れてゐる、キラキラ光る街路樹の下では、色模樣の日覆を透した水色の空氣の中を金魚のやうに人々が動いてゐる。キヤツフエのテラスに腰をおろして、ソーダ水のストロウをくわへながら僕はMビルの上に浮んでゐる銀色の輕氣球に見とれてゐた。街の影が潮のやうに干いてゆくにつれて、人影は波のやうに街に寄せてくる、テラスの椅子に花のやうに咲き小鳥のやうに飛び去る少女たちのうしろで、ヒマラヤ杉の間から流れる水のやうな音樂が輕い波紋を描いてゐるのを感じながら、僕の頭はいつか夢の中の少女のことで一ぱいになつてゐた。

　事實昨日、僕は山ノ手の銀色のバスの中でピアノの稽古にゆくこの少女と會つてゐた。二年越しの失職で疲れてゐる自分を見られるのが厭で、僕はつとめて輕い氣持になつて少女と笑ひ合つた。だから、ふと心配さうに僕を覗きながら彼女が、（そんなに長くお仕事見付からなきやあほんとにお困りね。でも、元氣はおありのやうだから、まあい〻わ）と、慰めるやうに言つても、僕はそれにのんびりと微笑みで答へながら、夏空にくつきりと浮び出てゐるプラタナスの濃みどりにバンザイを叫んでゐたのであつた。（海へ行かないんですか？）（來月になつたら行かうと思つてんの、お姉さまやなんか、うちの人はもうみんな一昨日行つちやつたわ。いまうちにゐるのあたし一人）（淋しかない）（い〻え、とても靜かでい〻わ、お遊びにいらつしやらない？　水曜日以外ならいつでもい〻わ）（遊びに行きます）（きつとね、待つてるわ）M驛で車をおりると、僕はアルミニユムの窓で笑つてゐる少女に手をあげながら、目にしみるやうな青空に輕く口笛を吹いて、銀色のバスを見送つた。

　いま、ぢつとMビルの輕氣球を見てゐると、いまにも銀球の腹に小さな窓が開いて、中から少女の笑顔が飛び出しさうな氣がするのだ。朝など、僕はピアノが聞きたくて白い家のある丘の方へ、よく歩いていつた。夾竹桃の咲いたその家の白い窓から洩れるピアノに聞きとれて、ぢつとその白い窓を見てゐるとき、やつぱりその窓がいまにもぱつと開いて、中から見知らぬ少女の顔が飛び出しさうな氣がして、慌てゝその家の前を立ち去るのであつた。僕の前には、もう何人もの客が立つたり坐つたりした、僕はぼんやりとキャツフェを出た。（あなたのお父さんが亡くなられたとき、僕は校長と一所に行きましたよ）（あらさうなの、お父さん知つてらつしやるの）（えゝ、僕の好きな先生の一人でした。英作の時間にはよく賞められましてね）（だからお好きぢやなかつたの、叱られたんならきつと嫌ひになつてたわ）（そ奴は少し現金だ。なにしろ教室ぢやあ、小説の話ばかり聞かせてくれましてね、クラスの中はとてものんびりしてるんです。試驗のときなんかも、生徒なんかにかまはず窓の外の風景ばかり見てました。僕はとてもいゝ人だなあと思つてました）（未だ四回お稽古の日が殘つてますの）（この頃、ちつともお演りにならないやうですね）（とても未だ駄目よ、それにステージなんかで彈くのこの頃厭なの、なんだか氣恥しくつて。體もあんまり良くないんです、お醫者へもいつてんのよ）

バスの中の取りとめもない會話を思ひ出しながら、あてどもなく歩いてゐるうちに、僕は大きな貨物船の碇泊してゐる河岸べりに出た。眞白い道に沿ふて小さなプラタアヌの並木が、どこまでも長々とつゞいてゐた。S・L病院の横までくると、かすかに磯のにほひをふくんだ風が草原の上を凉しさうに吹いてゐた、ごろりとその上に寢ころんだ僕は、青空に吃立する無線電信塔の横に浮ぶ白い雲をながめながら、むしやうにうれしくなつて、仔犬のやうに草の上をころがつた。

## 2

（大丈夫、大丈夫、僕を信じてゝ下さいよ）と、氣安めとは知りながら生活にやつれた母をはげまして、僕は逃げ出すやうに家を出たのだが、（ヒロさん、もう貯金はすこしつかないのよ、いつまでたつても收入のあてはなし、このまゝ暮してつたらいつたいどうなるの、あたしは心細くつて……）と顏をくもらせて訴へる母の顏が想ひ出されて、僕は歩きながらもときどき立止つて考へたりした。夜など、寢入つてゐる母の顏を見ながら、眠りのなかでも明日の生活を心配してるんぢやないかしらと、暗い氣持で考へることがよくある。出來るだけ內心の苦痛を明るさに變へて見せる彼女ではあるが、最近の母の樣子にはもうかくしおほせない疲れが見えてゐる、あの緊張したこゝろがゆるんだら……これは僕を蒼ざめた空氣の中へつき落すのであつた。

くらい雲の間から射すうすれ日の小徑を歩ながら、わびしさを追拂ふやうに、やたらに僕は煙草のけむりを吐いた、少女の家の屋根が見えはじめたのだ。

白い垣根を開け三四本のポプラの下をぬけて、僕は樅の木越しに見える眞白い玄關の扉の前に立つてそつとベルを押した。横を見ると、サルビヤとグラヂォラスがくもり日の中に浮き出るやうに咲いてゐる、ドアの奥に遠く聞えるピアノにうつとりしながら、僕は葡萄棚の下に寢てゐるテリヤにそつと口笛を吹いた。（お孃さんいらつしやいますか？）扉(ドア)の間から顏を出して少女は花のやうに笑つた、白いストツキングが水の上でのやうに廊下に映る。（さあどうぞ）と僕を部屋の中へいれると、（一寸待つてゝね）と言つて彼女はまた廊下へ出た。壁の上にはたゞ一つシヤヴアンヌの繪がかけられてある、開けられたピアノの鍵(キイ)の上に窓の櫻の葉が光つて見える。古びた聖書と取り散らされた樂符の間に轉つてゐる青い藥品の空箱を見ると、僕は妙にこわばつた自分の氣持を押えることが出來ず、そつとテーブルの前から立ち上つて暖爐棚の上の硝子張りの博多人形の前へ歩き出した、その鏡の中のやせた自分の顏を見つめてゐるうちに、堪らない淋しさと恥しさにおそはれて、僕は思はず自分の顏に舌を出してしまつた。（お掃除しないから、とても汚いでせう。お掛けにならない）お茶を卓子に置きながら少女は言つた、僕は無理に口笛を吹いて窓の前に立つたが、（こゝの庭にはすてきにいろんな草が生えてるんですね）と、まるでとんちんかんな返事をしながら少女を振り返つた。事實その庭には、爪切草、カンナ、孔雀草、すゐかづら、紫陽花、ベコニヤ、それに青い實をもつたトマト、胡瓜までが生えるにまかせ、のびるがまゝに雜然とはびこつてゐた。（手をいれないからメチヤクチヤだわ）（葡萄がずゐ分なつてますね）少女は僕の前に腰をかけて、キチンと手を膝に組んでぢつとお茶をのむ僕を見つめてゐる。（厭(ヤ)だなあ、さう睨みつけちやあ）（だつて、へんに眞面目になつてお茶のんでゐらつしやるんですもの）僕たちは明るく笑ひ合つた。（Gさんの送別會に出ますか？）（えゝ、行くつもりにしてます）（昨日、一寸S・L病院の裏を歩きましたけど、いゝ氣持でしたよう。もう完全に夏ですね）（お父さんは夏が大好きでしたわ、いつもあたしたちを海へやつちやふと、ひとりでこの家へ殘つて裏の物干しにこしらへた觀測臺で、毎晩星ばかり見てたわ）

　しばらくすると、彼女の大好きな曲だといつて、少女は僕にハイドンの小曲を彈いてくれた。明るい靜かな音にうつとりしながらも、後ろから見る少女の肩がへんに痛々しく僕に見えた。（音樂家は實際よそ目には樂しさうだなあ）（よそ目にはね、だけど苦しさはみんなおんなじよ）僕は手持ぶさたに机の上のリーダーホルトをひろげてみた、偶然にもそこにはゲエテの「さまよへる旅人の夜の歌」が、ワイマアルの山莊の小屋に書きつけたあの有名なゲエテの歌がのつてゐた。（やあ、なつかしい詩があるなあ、これ聞かせてくんないッ）（シウベルトね、さあ彈けるかしら）少女は微笑みながらピアノの前に立つた。僕は八十才のゲエテのやうな氣持になつて、窓の外の曇つた空を見上げながらぢつと耳をすませた、しづかに霧のやうにピアノが流れはじめた。

山々の頂に休みありて
木々の梢にそよ風渡り
鳥は林に聲をひそめぬ

少女の家を出た僕はぐつたりと疲れてゐた。重く低くたれた夕立模樣の雲の下を、黃昏のやうなあわたゞしい氣分に追はれながら、僕はかへり道とは反對の丘の敎會堂の方へ歩いていつた。敎會の鐵門をくゞる頃、ぽつぽつと雨が落ちてきた、急いで會堂の中へ駈けこむと同時に、稲妻の中に凄じい豪雨がざあつと會堂を取りかこんだ。人影のない暗い會堂の中にたゞ一人、僕は聖檀に搖れる燈明を見つめながら苛々する感情を抑えて繪硝子を打つ雨の音に聞きいつてゐた。

# 3

長いテーブルはまるで花束のやうだつた。G先生夫妻を眞中にして、左右に並んだ少女や靑年たちの晴やかな顏が、花模樣のスタンドに照されて、星のない夜空の下に花のやうに見えるのだつた。少し遲れて會館の屋上に驅け上つた僕は、華やかな音樂の流れにのつて小鳥のやうにこの花束の中に埋まつた。僕の橫には硝子のやうな瀧が落ちてゐる、籐の丸卓子を圍んだ幾組もの他の男女が、あつちこつちに咲いてゐる薔薇のやうに見える、屋上を取り卷く水色の丸い電燈は空に浮いた風船玉だ。僕は二つ目のスタンドの下で僕の方を見て笑つてゐる少女をすぐ發見した、一寸手を擧げて目禮をおくると、少女はちらつと視線をそらしてしまつた。しかし、僕は花園の中にゐる愉しさにわくわくしてゐた、すべてを考へすべてを忘れ、目を開けて目を閉ぢながら花の芳香の渦の中へ自分を投げ出した。

誰かゞ立ち上つて、G氏夫妻に送別の辭を述べた、拍手や歡聲がざわめいた、それはぼこぼこいふアブクのやうに僕をくすぐりながら夜の空へ消えてゆく。シャムパンを拔く音がする、向ふの藤棚の側で二三組の西洋人が踊つてゐる、闇の中に擦るマッチの明りに、美しい夫人の顏がぽうつと浮び上つてすぐ消える。この華かな空氣の中で、僕は自分を忘れてしまふ、それは僕の眠りだつた。僕の白い蝶々は、これらの花の騷音の中ではじめてそつと翅を閉ぢるのだつた。

　少女を見失はないやうに、T會館の裏の暗い甃石道を明るい街の方へ歩きながら、僕は愉しさで一ぱいだつた。めづらしくコバルトの和服に紅いハンドバッグを抱えた少女の後ろ影が、明るい街燈の下に浮びあがるごとに、僕の眠りが深まつていつた。友人たちは前を行く少女たちに何度も大聲をかけた、そのたびに彼女等は僕たちに白い花をぶつけた。人込みに入ると間もなく、僕たちは少女たちの姿を見失つてしまつた。(チエッ！チエッ！)と舌打ちする友人達の後から、僕は笑ひながらキャツフエの奥へ歩いていつた。すると、意外にもそこの棕梠の蔭の長椅子の上に、少女たちは鳥のやうにずらりと並んでゐた。僕たちを見ると、彼女等は一勢にはやしたてた、(なあんだあ)(こんどは逃がさないぞ)(オールライ！)騒がしい笑の交錯の中に、僕は僕たちに背を向けてゐる少女の笑顔を見る、僕は默つて聞き耳をたてる、(あたしとても疲れてんの)と少女は遠くの方で言つてゐる。僕たちは珈琲店を出てまた人込みのなかへ入つた。そのときそつと僕の側へすり寄つた少女は、(明後日(あさつて)、海へ行きます。おひまだつたらお遊びにいらつしやいな、お姉さんも行つてますから)と言ふと、素早く通りかゝつた車を捕へて、きらめく街の中へ消えていつてしまつた。一人になると眠りにしがみつくやうに、僕は酒場の方へ駈け出した。

## 4

友人の世話で、僕は或る講義錄に小さな仕事を見つけた。それは課外讀物として世界の偉傑の傳記を書くことだつた。天井の低い小さな部屋で、色々の參考書から天才たちの爲人を書き拔きながら、僕は、（凡そ世界に眞の天才はゐない、彼等を大ならしめたものはたゞ絶えざる努力だ、この努力を爲し得たところにのみ彼等の偉大さがある、要はたゞ凄烈な意志だ）といつたやうな感慨を、ぼんやり自分に洩してゐた。

午後になると激しい暑さに堪へられず、僕は人氣(ひとけ)のない町の木蔭で身を休めたり、少女の家の前を通つて、丘の上の敎會の裏庭へ涼みに行つた。町にひゞくラヂオの乾き切つた音樂は僕を絶えずいらいらさせた。人影のない眞夏の午後の白い道を、脊に焼けつくやうな蟬の聲を浴びながら、僕はとぼとぼと上つた。丘の上の山毛欅や樫の黑々と密集した葉の上には、いつも、しみるやうな青空と眞白い夏雲が、はりつけたやうに僕を見下ろしてゐる。この道に立つてぢつと空を見上げたとき、或は、街のビルディングの間にもりあがる入道雲を見つけたとき僕は心からバンザイを叫ぶのであつた。（あの青空の下に、あのもりもりと茂つた樹々の向ふに、海があるんだ！　太陽の下に豪然と流れる海が！）

空を見て、雲を見て、蟬の聲を聞いて、僕の毎日は海！　海！　と呼んでゐた。

こゝの海はきれいです、餘り人がゐないからです。妹や弟はもう眞黒です、昨日はみんなで沖ノ島まで遠泳をいたしました、お姉さまが一番さきにへたばつてしまひました、私はどうやら第二着の榮冠を得ました、お蔭で一週間お風呂番の刑罰から逃れました。

今日、K大學の學生兄妹が四五人でヨツトを沖に走らせていたところ、めづらしい水鳥を見つけたので、兄さんがそれを捕へに水に飛びこんだまゝ行方不明になつてしまつて、濱は大變な騒ぎでした。

東京はさぞお暑いことゝ存じます。お姉さまも申しております、是非一度お遊びにお出で下さい、お待ち致しております。

こんな手紙が或る日海の少女からきた。

その夕暮れ、僕は煙草を吸ひながら丘の方へ歩いていつた。途中で僕は一人の友達に會つた、その友人は貧乏な小說家であつた。(何處へ行くの?)(うむ、ぶらぶら歩いてゐるんだ。君は?)(やつぱりぶらぶら歩きに出たんだ、一所に丘の教會まで行かないか)僕たちは夕暮の小徑をのぼりはじめた。ねぼけたやうな街燈が、未だ消えやらぬ夏の餘映の中にしよんぼり灯つてゐた。

(この頃、ちつとも書いてないやうだね)(うむ、書けなくてね。生活に負けるやうぢやあ作家もおしまひだよ、とうとう女房と子供を他所(よそ)へ預けちやつたよ。わびし過ぎるつて奴さ)(僕も相變らずの失業者で弱つてゐる)

（お母さんは元氣なの？）（うん、まあ元氣なんだけど、この頃は生活の疲れが顔に出て見えるんでゞ、僕も苦しいよ。僕一人だつたら、と思ふこともあるが、やつぱりお母さんがゐてくれた方がいゝね、誰でも苦しいとき樂しいときに甘へる人間を一人ぐらひはもつてゐたいからね）（俺も、女房と子供を他所へ預けてから、しみじみ彼等の可愛いことを知つたよ）僕たちは少女の家の前を歩いてゐた、玄關の灯りが一つ見えるだけであたりは靜まりかへつてゐた。白い垣根の中の雜草が葉や蔓を荒々しくのばして、庭はまるで廢園のやうに崩れてゐた。垣根にからんだ一輪の夕顏の花を見ながら、僕はふと、「人住まぬいくさの庭の崩れ家杏の花は咲きて散りけり」といふ子規の歌を思ひ出した。

會堂の門をくゞる頃、もう宵暗が深々と僕たちをつゝんでゐた。ぼかしたやうな芝草の道をぬけると、裏の廣場を通じる櫻と紅葉の並木道がある、その横の草原が宵暗のやわらかい光りの中で、まるで夕暮れの海のやうな色に見えた。廣場へ曲る角に、神父さまたちの家が立つてゐる。葡萄棚の下を歩きながら、ふとその建物を見た僕は、思はず（いゝなあ、素晴しいなあ！）と友人に叫びかけた。そのランプの灯つた一室では、五六人の黒衣の西洋人が胸にきらきら十字架をひからせながら、しづかな晩餐をとつてゐるのだ。白い食卓の上の銀色の食器や美しい葡萄酒の瓶が、ランプの下にぢつと動かずにゐる。（今晩は、神父さま）と、僕は赤い顋ひげを生やした顏見知りのフランス人に呼びかけて、そのしづかな晩餐の仲間入りがしたくてたまらなかつた。

そつと重い扉を押して、僕たちは眞暗な會堂の中へ入つてみた。はじめ、小さな燈明がたゞ一つ暗い聖檀に灯つてゐるのが見えるだけだつたが、靜かに會堂の中を見つめてゐるうちに、窓を透した薄明りの下に、祈りをさゝげてゐる一人の白衣の婦人のゐるのに氣がついた。（莊嚴なもんだねえ）と友人は會堂を出ながら言つた。

栗の木のある長い塀に沿ふて歩きながら、僕はうれしくて堪らなかつた。（實にあの晩餐は素晴しかつたね、君）友人は默つてゐた、しばらくして（さういふ君の感激は羨しいなあ。僕には再びかへらない情熱だよ）と淋しさうに言つた。

暗い小徑で僕は友人と別れた。丘の上に草の生えた空地があつた、明るい夜の町が遠くに見えた。僕はそつと草の上に腰をおろして、崖下に並んだ家を見つめた。何處でもしづかな晩餐がはじまつてゐた。僕は、夕飯の仕度をしながら僕の歸りを待つてゐるであらう年老いた母のことを考へながら、たまらなくなつて草原の上にころがつた。

ほの明るい空には、二つ三つの星が光つてゐた。

# コンパクト

山口修三

ねばつこく細く彈力のある、無限の薫香(かほり)を放つてゐるクレ子の身體を、私は遣瀬ない心でぢつと抱きしめてゐました。高い窓からは入つてくる夏の夕の薄明りのなかに仄かに浮んだ青みがかつたクレ子の顏、多くの若者を苦しめたその顏を、喜んだり、悲しんだり、呪つたりしながら私は飽かず視詰めてゐましたが、うつとこみ上げて來た涙をぽと〳〵とその上に落すと、夢から醒めたやうに、クレ子はぱつちりと眼を開けました。

「悲しい？」

「あゝ」

「たつた一と月ぢあないの」

「うん」

「眞黑になつて、うんと丈夫になつて歸つてらつしやい。わたしのことなんか忘れて……決して浮氣しないから……ね……安心してて。わたし最うあんた丈けのもんよ」

ながい接吻のあとで、ぼんやりと私は立ち上りました。空虚になつた頭をして階下へ降りて行くと、上村や森山達はてんでに私の荷物を分持つて待つてゐました。

表へ出て半町ばかり歩いた頃、突然クレ子がぱた〳〵と追つ駈けて來て、五六歩引近へした私に、私にだけ聞えるやうに小聲で、

「さあ、わたしの魂よ、あんたにあげるの」

そう云ひながら私の掌に小さい圓るべつたいものを握らして、又ぱた〳〵と駈け歸りました。私は直ぐに、それはクレ子が一番好んで毎日々々用つてゐた、彼女の香を含み、彼女の脂の浸み込んだ、クレ子の分身とも云ふべきコムパクトであることが分りました。

コムパクトを懐へ仕舞ふと、嫉妬と猜疑に燃えた眼付で振り返つた森山達に追ひ付いて、何氣無げに笑ひましたが、私は悲しくも淋しく遣瀬ない今の心の中に、なんと無い嬉しさと、鏡は女の魂といふ古風なクレ子の思ひ付が可笑しく樂しく私を揺さぶるのを感じました。そして御伽噺の王子がお姫様に貰つた寶物のやうに、懐の中で何度も〳〵それを愛撫しました。(諸君、眞に諸君には濟まないが僕は勝利者です。どうやう、どうやらクレ子は僕の所有ですよ)、と心の中で今一緒に歩いてゐる森山達や、それから他の大勢のクレ子の禮讃者達に挨拶しました。

品川まで見送つて呉れた上村や森山達の姿が、汽車の動きにつれて段々と黒く小さくなつて、やがて見えなく

なつて了ふと東京の空、クレ子のゐる東京の空が薄明く廣がつてゐるのを眺めながら、私は深い〳〵溜息を吐きました。此の一年餘りの間に、クレ子を中心にした物凄い戀愛爭鬪による心身の疲れに、一時にひし〳〵と押寄せられて、私はぐつたりと眼をつむりました。

私や、上村、森山、其の他私の識つてゐるだけでも二十人近い男が、クレ子のためにある時はさめ〴〵と泣いたり、ある時は自分を色男と思ひこんで宇頂天になつたり、或る男は彼女の足下に跪いて祈つたり、或る男は――そうです、なかでも最も氣の毒な佳田はクレ子のために發狂して遠い九州の故鄉で座敷牢に入れられてゐるのですが……。クレ子、あゝ、クレ子、僕は今お前の魂を持つてゐるのだ。しつかりと握つて肌身を離さないのだ。

私は車中の人達の疲れた寢顔を覗つて、そつとコムパクトを膝の上に取り出しました。薄暗い電燈の下で、代赭と紫が雲のやうに混り浮んだ模樣の、すべ〳〵と油光りをした表蓋を開くと、うす桃色のパフから白粉に溶けたクレ子の甘酢つぱい肌の香が鼻へきゆーんとしみ込んで、軈てそれは駘蕩とした心地よい境に私をとかして行きます。鏡を覗くと、鏡の中の私は恥しそうに口を曲めて笑つてゐました。

何となく、一先づ休みたい、故鄉の海邊で靜かに考へたい、クレ子と遠く離れて彼女の上を想つてみたい――そんな氣持で私はこの汽車に乘つたのです。今獨りになつて、自分にも思ひがけなかつた激しい心身の疲勞を感じた私は、それでもコムパクトを強く握りしめながら、うつら〳〵としてゐました。……私の前に濱寺の海が浮びます、赤い新しい肌をしたボート、鷗のやうなヨツト、靜かな波、碧い海……するとその海は何時の間にか北國の港町に變りました。……

タレ子は北國の港町で十六の歳まで孤兒のやうに育つた女です。如何いふ仔細があるのかは識りませんが、去年雨親の許に引き取られるまで、クレ子はその淫蕩な港町でおばさんといふ女の處で一人すく／＼と大きくなつたと云ひます。クレ子の親達といふのは、今私の友人の森山が間借りをしてゐる家の主人ですが。……クレ子が上京すると森山や私や、私の親友の上村や中學生のKなどが田舍から出たばかりの彼女に瞬く間に牽（ひ）きつけられ泣いたり、歌つたりしました。クレ子は若者達に手を與へたり、キッスを惠んだりしました。そしてそのうちに彼の禮讃者がおいおいとふえて行き、ふえると同時（いつしよ）にクレ子は益々美くしく益々なやましく成長して行くのです。クレ子！　私のクレ子！　僕はうんと海へは入つて身體を鍛へ直して來るよ、お前の滿足するやうな男らしい男になつて來るよ、海だ。空氣だ。――そう思ひながら私は重く沈むやうに睡りに入りました。

故郷の大阪へ着きました。私は父が送つて寄したハガキの道案内で兩親の今度の轉居先を求めて上本町行の電車に乘りました。

兩親の家はごた／＼した町の中の露路の奥にあつて、三間きりの粗末至極の住居でした。私は一目見てがつくりと氣落ちしたのです。

私の家は如何いふものか一年一年と左り前になつて行くので、そしてそのために立派な邸から借家へ、その借家も大きいのから段々と小さく安いのへと移つて行くことは前々からよく識つてゐましたが、此んなにまでむさくるしい處とは想像してゐなかつた私は、クレ子のためにうんと丈夫になるやうにあの懷しい濱寺の海へ行かう寶塚や京都へも、奈良へは又古い佛像などを見に行かうと樂しい計畫を立てゝゐたゞけに、ひどく淋しく情なくなつて、年とつた母の小うるさい話に無機嫌な返事をしなければなりませんでした。

「析角、夏休みで戻つても、今はうちもえらい貧乏やさかいお小遣もやれんのや、毎日煙草代に二十錢づつやるよつて、それで勘忍してや」、と母は涙を滞して申します。

自分のにときめられた二階の四疊半に仰向けにひつくり返へると、私は深い憂鬱におち入りました。腹立たしい涙が頰を傳つて流れました。(身體をよくしに來たのに、これぢあ何にもならないぢあないか)(こんなんなら東京の方がずつと涼しいし、慰めもあるんだ。樹木も無い、燃えた瓦ばかりの暑苦しい町に居たら、あゝ、俺は又あの怖しい憎い神經衰弱の奴に襲はれるんだ。) そうです。私は今まで幾度か自分を狂人のやうにして仕舞ふ神經衰弱に苦しめられて來ました。そして今、私の身體は極度の疲勞狀態です。それは神經衰弱の方から云へば何時なん時でも好きなときに喰べられる蓄へ置きの餌物のやうなものです。かうしてこのまゝ海も風も無い、熱氣と無味の生活が續けば屹度又あのたまらない苦しみを次々と嘗めなければならないんです。それに私は、九月には眞黑に燒けた男らしい男、丈夫な男になつてクレ子の許に歸へらねばならないんです。――「どうしたらいゝんだ、オイ、クレ子、クレ子」私はコムパクトを抱きしめて、むつと暑い疊の上を轉々と悶え足搔きつゞけました。

道頓堀や宗右衛門町の賑やかな人出の中を私はいら〳〵と步きました。

三日目にクレ子から最初の手紙が參りました。それには――海は面白い？　もう脊が赤く染つた時分ね――というふやうな文句があつて、終りに、わたしの魂を大事にしないと駄目よ、と書き添えてあります。

仰向けに寢轉んで讀んでゐた私は猛然として立ち上りました。もう矢も楯も貧乏も糞もありません。海です。

波です。碧い波の中からクレ子によびかけるんです。……たつた一度でもよい思ふ存分海に浸(ひた)るんだ、砂濱を飛び歩るくんだ、幼年時代、少年時代、我が子のやうに自分を育てゝ呉れた、あの海へ行くんだ……

母の墓口の中から五十錢玉を二枚盗み取つて、私はまつしぐらに難波驛へ駈け付けました。和歌山行の急行に乘り込んでやつと幾分か落着いた私は、自分の心臓がドキリ〳〵と今にも破裂しさうに打つてゐるのを、フーフーと大きく息吐いて休めてゐましたが、そうしてゐるうちに頭の中も軈て自分自身も一瞬間空つぽになつたやうに感ぜられた時、その時私は實に、突然、すばらしい忘れ物を思ひ出しました。(どうしたんだらう、此んな事を忘れるなんて、どうして今迄忘れてゐたんだらう、不思議だ、實に不思議だ。……あまりクレ子のことばかり考へてゐたからかしら……)

私は車窓の外に漸く點々と小松隱れに碧い面を表しはじめた、懐しい搖籃の海を見ながら、自分があのことを思ひ出したのをたまらなく喜び、快活に力いつぱい水々しい空氣を吸ひ込みました。

濱寺は二年前に歸鄕した時に較べてずつとモダーンになつてゐました。あかるく強い色彩の水着を着けた人達が松の間や白砂の上に伸々とした肢體を躍らしてゐました。

しかし私は其の間を通り拔け、濱寺の濱をもよぎつて高石といふ漁師村の方へ急ぎます。濱寺と高石との間のこんもりとした松林の中へ私は這入つて行きました。そして私はその中の一本の松の木の處ではじめて立ち止つて、懐しくしげ〳〵とその松を見上げるのです。最う此の邊は人の影も見えません。偶々に遠くの方を二人連れの男女が祕めやかに語り合つて通つたり、漁師の子供が跣足でよぎつたりするくらいで、ザア〳〵といふ波の碎ける音も稍々遠くなつて、それよりも松の梢のシユウ〳〵と鳴るのが靜かに涼しく心を澄まします。軈て私はその松の木の根元に蹲まり、邊りに人影の無いのを慥めて松の根元をぽつり／＼掘りはじめました。

私には幼い頃から妙な癖があります。しかしこれは凡そどの人にも多少共通のもので、私の場合それが幾分人より強いといふのでせう、その癖といふのは――一種の秘密を喜んだり、冒険を愛したりするものです。私は幼年から少年の時代にかけて、濱寺から二十丁程田舍には入つた〇村にゐましたが、海の好きな私は毎日濱寺まで遊びに來ました。そして私の妙な癖は此の松の木――何時とは無しに私は此の松を選んだのですが、それは多分この松が、龍が天へ登る形に似てゐるのが、幼年時代の私の氣に入つたのだと思ひます。――この松の根元へ毎日何か物を埋めるのです。例へばベーゴマだとか、例へば母に貰つたお小遣の二錢玉とか。……段々高じて中學時代には五十錢一圓と埋めました。……そして翌日其處へ行つて人目を憚りながら自分の埋めた物を又掘出すのですが、それが訣もなくぞく／＼と嬉しいのです。東京へ來てからも此の癖が止まず、歸郷する度に此の木の根元へ何圓かの――それは重に銀貨でしたが――ものを埋めて上京します。そしてその次に歸つた時にこれを掘出すのです。するとそれが何だか神樣から賜つたものゝやうに、嬉しく貴いのです。

私のそういふ妙な癖で二年前の夏歸つた時も矢張り此處へ、その時は十圓金貨を一枚埋めて置いたのです。

「その十圓が出て吳れゝば、クレ子、僕は當分海へ來られるんだよ」そう云ひながら私は掘りはじめました。わく／＼しながら掘つて行きました。初はサラ／＼した砂、それからしめつた砂が暫くつゞいて、軈て赤土になります。金貨を埋めたいつもの深さまで來た時に、私の指に觸れたものがあります。私は急いで掘りました。私はアツと驚きました。大きな圓いものがは入つてゐるんです。私は摑み上げました。コムパクトです。銀のコムパクトです。どつしりと重い銀のコパクトムです。ドキ／＼胸を波打をせながら蓋を開けますと、紙片を小さく疊んだものがは入つてゐます。手紙だ！　蟬の鳴き聲も、波の音も、松風も一時しんとなりをひそめました。私はぼーうと上氣しながらその紙を開けてみました。

私、あんたの此の妙な癖を知つてるの
私はあんたが好き
あんたも屹度私が好きになる
私を探してごらんなさいね
手がかりを教へたげるわ
一、此のコムパクト
一、あんたの十圓金貨（明治十八年の）
一、私の頭に疵がある

私は暫くはたゞ頭がぢーんと鳴つてゐるのを覺えただけです。

軈て私は手早く松の根を元通りに埋めるとそのコムパクトと手紙を懷に入れて立ちあがりました。するとその拍子にコムパクトは今一つのコムパクトとかちりと觸れ合ひました。その瞬間私は、おゝ此の何分から間、私のクレ子のことを全然忘れきつてゐたことに氣づいて、獨りで顏を赧らめました。

松林の中をぶら〳〵しながら私は靜かに落着かうと努力しました。何だ、これは？　どういふんだ、これは？

私は全く混沌とした氣持でした。東京には自分のクレ子が居る。それだのに此んな妙な女？　が現れた。そして自分はその女のためにクレ子の事を一時忘れてしまつたのだ。忘れる筈の無いクレ子のことを……。

私はもう一度コムパクトと手紙を出して見ました。これはかなり使ひふるしたものだとみえて、表面に浮彫になつてゐる孔雀の、その廣げた羽が大分うすくなつてゐます。私は蓋を開けて暫くの間ぢつと香ひを嗅いでみました。それはクレ子のコムパクトのそれとは全で違つた肌の香りを持つてゐました。私は眼を閉ぢて、恍惚と嗅ぎつゞけました。そのうちに……私は閉ぢた眼の奥に、斷髪の圓い輪畫の顔、ぱちくりした眼付の、頤の端に疵のある、そしてその疵は却つて彼女をあどけなく美しく見せる――そんな十六七の少女を畫いてゐました。私は何故ともなく、きりゝと整つた肉體を持つた、足の特に美しい、音樂やダンスの好きな少女を想像しました。

（此の前そんな少女に會つたかしら）

（ひよつとすると男の惡戯かな）

（俺の此の癖を知つてゐる人間は誰も居ない筈だが、あゝそう〳〵何時か俺の此の癖をクレ子に話したことがあつた。しかしクレ子はずつと東京にゐることたし、いくら何でも此んな惡戯は出來ない筈だ）

（それにこれは未だ埋めたばかりだ、中の紙が土のしめりを食つてない。分らない）

分らない。

そしてそれから私は餘りに此の妙なコムパクト、謎の少女のことにとらはれてゐるのをクレ子に濟まなく思つて獨りであやまつたり、あんなに迄クレ子を愛してゐる自分が、如何して此んなものに此んなに迄も強く心を牽かれるのかと訝ぶかつたり、海の中を潜つてゐる時も、砂の上に坐つて漸く夕方になつて西の空がまぶしいのに眼を細めてゐる時も、ずつと考へ續けてゐました。そして又今貧乏の折に十圓金貨の無くなつたのを悲しんだりイヤ〳〵此のコムパクトは十圓の金どころかもつと〳〵價値のあるものだと思つたり、こんな物を持つてゐるのはクレ子を裏切ることだから捨てちまおうと考へたり、散々に亂れこんぐらがつた頭を持つて上本町の露路の奥の我が家へ歸り着いた時は、最うすつかり夜になつてゐました。

さすがに母の顏を眞正面には見にくいので、直ぐに自分の四疊半へかけ上ると、私はごろりと轉がつて、さて激しかつた今日一日の出來事を、次から次へと又考へなほしましたが、いくら考へても同じことで、結局は疲れ切つてぐつたりして、クレ子の顏、謎のコムパクトの十七の少女の顏、その二つが自分の頭の周りをぐる〳〵廻つてゐる……あゝこれは夢か……そう思つてゐるうちに私はいつかぐつすり寢入つてゐました。

母が何度か見に來た事を夢め現つに覺えてゐまる。額を燒くやうにキリ〳〵と射しつける太陽の光で漸く眼を醒した時は、もう翌くる日の午近い頃でした。疊の上に直接に寢てしまつた自分の上に、何時の間にか蚊帳が吊つてありましたがその蚊帳からも暴れ出たとみへて頭と右足が太陽の熱射に晒されてゐました。

頭がドキリ〳〵とうづいて痛みます。油汗がぢつとりと全身に感じられます。叩きのめされたやうに惰い。起きやうとして身を持上げると私はクラ〳〵と眩ひを覺えました。

（アツ、これだ。愈々來やがつたか）私には常も此の手でくる恐怖すべきあの神經衰弱の初徴です。いつもかういふ風に何かを機會に突然に強く襲つて來るあの憎むべき惡魔です。うす〳〵感じてゐたが到々來たか、……

私は二つのコムパクトを抱きしめて「クレ子、クレ子」と叫びながら重い心に沈んで行きました。

それから三日間、私は病床に唸つたり、踠いたり、怒鳴つたりし續けてゐたのです。四日目の朝私ははじめて幾分落着いた自分を取り戻しました。神經衰弱。クレ子。一年餘の命をけずる戀愛爭鬪。クレ子。クレ子の魂。コムパクト。謎のコムパクト。神經衰弱。――それ等のことが一つ一つ惰い頭に浮んで來て、そして又それは走馬燈のやうにぐるり〳〵と頭の周圍を廻り出すのです。おゝ、クレ子の手紙が來てゐる筈だ、そう思つて起き上つて枕元を見ますと、お盆の上に、藥びんと二つのコムパクトと三通の手紙が行儀よくきちんと載せてありました。（おゝコムパクトだ。夢中でゐるうちに飛び出したんだなあ。厭なものを見られた。親父やおふくろは如何思つてるだらう。因つたなあ、聞かれたら何と答へやう）。その答は又悠り考へることにして、取敢へず私はクレ子の手紙を日付順に讀んでみました。それはどれもこれも大體似通つた文句で、――あんたの事ばかり考へてゐるとか、森山さんは己惚れの强いお馬鹿さんよとか、私も井の頭のプールで游いでゐますとか、――それは何と無く生彩の無い、厭々御義理に書いたやうなもので、私は强い物足り無さと同時に不安を感じましたが、二度三度讀み返すうちにその不安が段々とつのつて來て、しまひには、それがいつぱいに押し寄せて來ます……最うクレ子は俺のことなんか忘れかけてゐるんだ。クレ子には誰か他に情人（いいひと）が出來たに違ひない。そうだ。誰だらう、上村かしらHかしら、それ共俺の知らない奴かな。……井の頭のプールで其奴と惡戯けてゐるんだ。……そう考へると、クレ子のあのねばつこい肌が生々と光り、そのなよ〳〵した腕に誰か男を抱いて艶笑（わら）つてゐるのが眼に浮ぶのです。

（畜生、あゝ、俺は最う捨てられたんだ、俺は最う捨てられたんだ）、到々終ひには一途にそう信じられて、私は喘ぎ苦しみ、クレ子の魂のコムパクトを確りと抱きしめながら、「クレ子、捨てないで呉れ、クレ子、捨てないで呉れ」と聲を出して叫んで、おい〳〵と泣き出しました。……銀のコムパクト、あの松の根元から掘り出したコムパクト、おゝ、あのコムパクトのために俺はほんの瞬間だつたがクレ子のことを忘れてゐた。そうだあの瞬間だ、あの瞬間に俺が始終クレ子との間に通はしてゐた魂の間斷のない交流がポツンと切れたのだ。そうに違ひない。その時にクレ子の心に又ひよつこりと浮氣の虫がよみ返つたのだ。……「おのれ憎いコムパクト奴」と私は銀のコムパクトを掴むとピシリと柱に叩き付けました。

半うでの卵と粥を持つて上つて來た母は、無言の儘私に喰べさして又無言のまゝ降りましたが、時々悲しそうにそつと私をぬすみ覗してゐました。

その翌日の夕方、幾らか元氣を取り返した私は、起き上つて新しい浴衣に着替へて階下へ降りました。私は戸外へ出たくなつたのです。「まだそんな身體で出たらあかん」と云つて、母は泣きそうにして止めましたが、私は家に居れば矢張り、今親父がどう考へてるだらうとか、おふくろは又泣いてるんだらうとか、そんな事がしつゝこく頭にこびり付いて仕方が無いし、せめて一時間でもよい自由な空氣が吸つてみたい――そういふことの強い要求から、無理に母の手を振り切つて戸外へ出ました。

私はふら〳〵しながら淋しい處〳〵と選つて歩きました。

何時の間にか天王寺公園の中には入つてゐた私は、先つきから氣分が少しづつ輕く晴れやかになつてくるのを感じてゐました。夕暗の下に大阪の市街（まち）が薄塗色に擴がつてゐました。その中から、によつきりと高く空中に飛び出してゐる新世界の通天閣が數知れぬ電燈を瞬かしてゐます。花園の中を、木の下を、私は目的（あて）もなく歩き廻りました。こゝ數日の激しい疲勞のためでせうか、頭はものを考へるのを厭ふやうに心地よく痒れてゐます。

私はひよつこりと動物園の前に出ました。動物園の中はあか〳〵と電燈が輝いてゐました。（さう〳〵、夏は動物園は夜も開けるんだつたつけ。……そうだ、久し振りに動物でも見やう、そうしたら最つと氣分が良くなるかもしれない)、そう思つて私は切符を買ひました。

彼方此方見物した後で、私は猿の檻の前に立つてゐました。初めの中はたゞ猿の悪戯けるのに興じてゐたんですが、そのうちにふと私は孕んだ猿が大分ゐるのを發見しました。丁度しゆんと見へます、お腹がふうわりとふくらまり、日頃から赫い頬が、孕んだせいなんでせうか薄桃色に潤んで艶やかで、眼も何と無く優しく露を帯びてゐます。(ほう、猿も姙娠すると隨分艶つぽいもんだなあ)と私は感心しました。そうして孕んでゐる猿を一疋一疋と次ぎ次ぎに見て行つたのですが、私はふとクレ子に似た猿を發見けました。似たといつても、それはクレ子が私をからかふ時にする顔付にです――口を堅く結んで、眉尻を心もちあげて、意地悪そうに媚笑ふクレ子の顔、青みがかつてゐながら、しかもその底深くにぼーうと燃えるやうな紅味をたゝえた頬、クレ子の最も淫蕩的に美しく輝く瞬間の顔、その顔に似てゐるんです。

その猿を私は永い間視詰めてゐました。どのくらい經つたでせう……先つきまであんなに靜寂を樂しんでゐた私は、何時か又クレ子を戀ふ心に咽んでゐるのです。……心の底から湧き上つて來る愛慕の念に震へてゐるのです。……

何時か又ズキ〳〵と痛み出した頭を抱えて自分の四疊半に歸り着いた時、私は到々烈しく泣いて行くのでした。

クレ子から毎日來る筈の手紙が如何したのかばつたり止りました。

私は床の中でももがき苦しんでゐました。

〈どうしたんだらう？……俺はこうしちあ居られない、東京へ行かねばならん、クレ子の傍へ、クレ子に會はねばならん。……しかし旅費は？ 身體は？ 旅費は月末でなければ送つて來ない、「せめて夏中は親達の傍で過せ」と叔父が云つてゐ　。……貧乏たな親父でも旅費位は工面して吳れるだらうが、この身體だ。クレ子は眞黑に燒けた男らしい男、健康を取り戻した、肉體に力の滿ちた俺を待つてゐるんだ。それが全であべこべの裏なりのやうに瘠せて靑白い俺の顏を見たら、あの陽氣で浮氣なクレ子は一度に愛想をつかして逃げて了ふに極つてるあゝ俺は、どうすればいゝんだ？……〉、私は東京へも行けず、行つてもクレ子に會へ無いといふ二重の苦痛で、其のために益々病魔に乘ぜられて、支へるものなく衰へて行きました。

それでも適に氣分の良い日は、私はクレ子を忍ぶために、クレ子に似たあの猿の居る動物園へ出かけました。

或る夜のことです。私はその日は餘程氣分が良かつたので、珍らしく快活に動物園の中を歩き廻つてゐましたあの猿は勿論のことですが、今では私は他の動物達とも大分馴染になりました。

私は川獺の檻の前に立つてゐました。川獺はしきりに鳴いてゐます。ンギア……ンギア……と丁度赤ん坊そのまゝの聲で悲しそうに叫びます。そして金網に取り付いて何處かしら遠くの方を視詰める、視詰めては又檻の中を忙しく走り廻つて又金網に取りつく、そして鳴く、泣く……。私は何時か眼を閉ぢてゐました。ぢつと泣き聲を聽き澄ましてゐました。すると私は、私がもの心のついた頃から、悲しい折や、寥しい折や、ふと哀れを感じた折に求める、人の世のものでないふるさと、魂のふるさとを戀ふ心地——それが今ひしひしと身にしみて感じられて來るのです。私は、此の川獺も又矢張り何處かしらのふるさとを求めて泣いてゐるんだ、そうだ、そうに違ひない……と想つてゐるうちに……しまひには自分も此の川獺と一緒に泣かう、聲を揃へて一緒に泣かう……

そんな氣持に浸つてゐました。その時ふと私は、强く美しい、もの丶香ひを嗅ぎました。未だ夢の中にゐるやうな私の心、此の香ひ……おゝこれは何時か何處かで嗅いだことのある香ひだ。何處かしら？　何時かしら？……アツ、そうだ、あゝあの銀のコムパクトの香ひだ、俺が此の間からすつかり忘れ切つてゐたあのコムパクトの香ひだ。私はぱつちりと眼を開けました。その私と三歩と離いて無い處に、川瀬の檻の中からくる薄暗い電燈の光の中に斷髮の少女、紫地の派手な葡萄模様の浴衣を着た十六七の少女が立つてゐました。私はぶる〳〵顫へました止めても止めても止め切れぬ顫へでした。……私は顫へながらにぢつと少女を視詰めました。うん、俺の想像した顔と同じだぞ、目も、口も、きりつと整つた身體つきも。……しかしあの頤の疵は？　頤の疵はどうだ？　横顔だけぢあ分らない、おい、一度こつちを見て呉れ、頤を見せて呉れ。……その時少女は故意か遇然か、つと私の方に向ひ合ひました。おゝ、ある、ある。頤の疵！

「オヽ、君だ」私は突然大聲をあげて少女の方へ突進しました。その瞬間私はクラ〳〵として眼前が眞暗になりました。

　私は卒倒したのでした。其夜私は親切な園丁に送られて、遲くなつて家へ歸りましたが、翌日からは最う起きられなくなりました。貧しい家計の中から注射を打つて貰はねばなりませんでした。私は釜の中にゐる様に蒸し熱い室の、それよりもまだ熱い床の中で喘いでゐました。私はクレ子のことを考へてゐるかと思ふと、又あの不思議な謎の少女のことを想つてゐます。その少女を抱いてゐたかと思ふと、又クレ子を慕ふ熱涙を流してゐます……。今は最う燃き着くやうに私の眼底に殘つてゐる謎の少女の姿、そうだ、俺はクレ子の手紙が來なくなつて以來あの謎の少女のことを全然（すつかり）忘れてゐたんだ。謎の少女、頤に疵のある少女、あの娘は到々俺の前に現れた。

俺ははつきりと視たんだ。謎の少女を三歩と離れずに視たんだ……。それにしても俺はクレ子をか程まで戀し、か程まで慕つてゐるのに何故あの少女のことを想ふのだらう……。分らない。分らない……。そうして私はいつか又あの謎の少女の全貌を自分の寢てゐる眼前の空中に、丁度自分と向ひ合せに浮べて、その幻の彼女を頭からぐつとのみ込みながら、(俺はもう一度、屹度お前を探し出してやる。屹度々々つかまへてやる)と何かに誓ふやうに怒鳴るのでした。……そうかと思ふと私は又あのなよ〳〵とねばつこいクレ子の肢體に攻められます。一絲も纏はぬクレ子が、ふと私の眼前に現れたかと思ふと、その次の瞬間にはもう、兩手を伸して「クレ子、クレ子」と呼ぶ私を嗤ふやうに、すーすーと後へ退いて、そして軈て小さい點になり、ポツンと消へてしまひます。……私は怒り、罵り、喚めき、さめ〴〵と泣きました。……眞夏の太陽に蒸された狹い部屋、その中に私はあらゆる幻を抱き、あらゆる幻と戰ふのでした。……私はあのクレ子に似た猿と夫婦になつて生活してゐます。それは人里遠く離れた高山の絶壁の上でした。その邊の岩には紅い岩躑躅が咲いてゐます。涼しい風が谷底から吹き上げて來ます。遠くに瀧の音が聞えます。私は先つきから猿の腰をもんでゐるのです。最う餘程産月が近づいたのでせう、うん〳〵と呻吟きつゝ肩で息をしてゐます。「確りしろ、確りしろ」と私は妻を勵げましてゐましたが、突然「あゝ、貴郎、生れます、生れます」と猿はいとゞ苦しい呻吟き聲をあげました。私はあはてゝ自分の着物を脱いで岩の上に敷いてやりました。すると猿は一聲高くキキーと鳴くと、その腹はぺちやんこになつて、それと同時に、生れたばかりの赤ん坊は最うその邊を走り廻つてゐます。「坊やか孃やか見て頂戴」といふ猿の言葉に、私は子供を抱き上げてみました。それは川獺でした。そして川獺は私に抱かれながら、何處か遠くの方を凝めては、悲しそうに、ンギア、ンギア、と泣き叫ぶのでした。

袷元に心よい寒氣(きむけ)を感じてふと私は氣付きました。身うちを走る爽かな涼氣を暫し味つてゐましたが、軈て徐かに眼を開くと、私は暗い部屋にゐました。何處だらう、此處は？　と訝りながら頭を廻らしますと、矣張りこれは私の四疊半です。おゝそうか、俺は病氣で寢てゐたんだなあ……意識が一つ一つ醒めて來ました。……おゝ窓がガタ〳〵動いてゐるぞ、……何かビユービユー唸つてゐる、……カラカラカラと物體の落ちる音、……黑い空氣、……

「おゝ、暴風雨だ！」　私はタツと飛び起きて窓を開けました、眞黑の雲か一面に空を蔽ひ、縺れつ崩れつ走つてゐます。今にも地上を叩き擲るやうな大雨が轟然として落下しそうな氣配です。

「おゝ、暴風雨だ！」　私は飛び上りました。手を振り、足を蹴つて部屋中を駈け廻りました。夏を一時に追つ拂つた暴風雨です。私は心身に力の漲るのを覺えました。……軈てくる〳〵と浴衣を着ると私はそつと階下へ忍び降りました。臺所へ出て粥を探して、それを鍋ごとゴク〳〵と飲み下すと、そのまゝパツと表へ飛び出しました。私は街から街へ駈け拔けました。暴風の吹き捲くる中を私自身も風のやうに、まつしぐらに天王寺へ天王寺へと飛んで行きました。

いつか私は川獺の檻の前に立つてゐました。暴風に怯えた川獺は檻の隅にちゞこまつて、臆病そうな眼をキヨト〳〵と動かしてゐました。

私は縞狼の前に立つてゐました。縞狼は何かを暗示するやうに、眼をギラ〳〵光らせて檻の中をカタリ〳〵と駈けてゐました。

私は狐の前に立つてゐました。一番臆病な狐達は、仲間六疋が一群（ひとかたまり）になつて、ビユー〳〵唸つてゐる暴風にぶる〳〵震へてゐます。肩と肩とを確りとくつゝけ合つてお互に離れまじとしてゐます。

私は動物園の中を駈け廻つてゐました。再び狐達の前へ來た時です、誰か私の身體に打つゝかつたものがあります。「アッ、香ひだ。少女だ」私はサツと振り向きました。黄ろい服を着た少女がスタ〳〵と歩いて行きます。間違ひもなく彼女です。少女です。おゝそうだ、俺は此の少女を探しに來たんぢあないか……

「オイ君」

私の聲に少女はくるりと振り返りました。一瞬間私を嘲ふやうに視詰めてゐましたが、ついと向き直るとすうーと行つて了ひました。私は少女のあとをつけました。動物園の南口から外へ出た少女は新世界の方へ指して行きます。私はわく〳〵と心の躍るのを覺えました。ビユーと風が猛けると少女の圓みを帶びた尻がくつくりと畫きとられます。いつか二人は走り出してゐました。ポツリ、おゝ降つて來たか、ひいやりと冷い雨です。少女の足はすばらしく速い。ポツリ、ポツリ、ザ……ザザ……到々雨は一時に落下して來ました。落下した雨はアスフワルトの路上を叩きつけて又空中へ跳ね上ります。少女はその雨足の中に、ずつと向方に幽かに走つてゐます。通天閣をくゞつて南海電車の惠比須驛の方へ私は彼女の後を追つて行きました。自分を包んでゐる暴風雨の中に私は母の顏とクレ子の顏がもつれて浮ぶのを見ました。そうかと思ふと、子供の頃死んだ遊び仲間の女の兒の顏がふいと眼前に現れたりします。

何時かしら私は何んにも分らなくなつてゐました。もう何にも考へてゐませんでした、たゞ走つてゐました。

颪はいつの間にか靜まつてゐました。今はたゞ蕭々と降る雨の中を、私はとぼ〳〵と家へ引つ返しました。私はもう見失つた少女のことも考へやうとしませんでした。頭の毛をべつたりと顔にくつゝけたまゝ、私は遣瀬なく、もの憂く、しかも恍惚(うつとり)とした心よさに包まれて家路を辿つてゐました。

夢遊病者のやうに、ぼんやりと格子を開けると、眞靑になつた母の顔が見えました。そしてその後ろに上村が立つてゐました。（上村が來てゐる。東京の上村が來てゐる。ほーう上村もやつれてるなあ……）。たゞ莫然とさう思ひました。

「駄目ぢあないか君、どうしたんだいいつたい。さあ直ぐ床く這入り給へ」。上村のさう云ふ聲を私は遠い物音のやうに聞ゐてゐました。上村は私を抱くやうにして二階へ連れて上りました。私はぐつたりとして彼のなすまゝに任してゐましたが、何故かニヤリ〳〵と笑はれてくるのです。べた〳〵にくつ着いて浴衣を、泥人形(でく)のやうに無抵抗な私の身體から、上村は母親のやうに優しく脱がして呉れました。裸體になつた私は、そのまゝ布團の上へくた〳〵と崩れ落ちて行きました。

# 弟へ

江口清

早いものだ。もうおまへが喪つてから初めての夏が來た。何時も別にこれと云つて避暑もしないが、それでもちよつと位の息抜けはするのに、今年は軀の都合でそれさへ出來なかつた。わたしは夏が好きだ。殊に今年は割合に凌ぎよかつた。それにも關らず、わたしはすつかり參つて了つた。わたしはだらし無く取り止めのない一日一日を過して了つた。それは單調な毎日だつた。讀書に疲れると眠りが遣つて來る。眼が覺めた一瞬、午前か午後のけじめがはつきりしない時さへある。定つて晩になると蝙蝠のように——よくおまへはそう云つて、わたしを嗤つつたものだね、全くそう云はれても仕方がないが、何處と云ふあても無しに街をぶらつく。別に面白い所もないのに、ちよつとでも歩かないと、忘れものをしたような氣になるのだ。第一涼しい丈でも家に居るよりはいいだらう。時に依ると昭和通りを風に誘はれて銀座迄歩いて了ふこともある。色彩の缺けた此の街は何と無く淋しい。普段では目立たない人達が我物顔に歩いてゐる。自分も其の仲間だと思ふとちよつとおかしい。しかし見窄らしい感じが嫌なので、わたしは餘り行きたくない。おまへとよく步いた神保町邊へはちよいちよい行く。近い故爲か、神田の街は自分の庭と云ふ氣安さが感じられるのだ。それに慣れてゐる爲か、これと云つて目立つた變化もみえない。おまへの通つてゐた學校はやはり舊態の儘の汚い假校舍だ。其の前を通ると、よくおまへが敎室が豚小屋みたいだ、家へ歸つて來ると晴々すると、云つたのを憶ひ出す。一度わたしも內へ入つてみたが、成程これぢや落ち付いて勉强も出來ないだらう。傷だらけの机、節穴の開いた壁板、それもいつぱいに落書だらけ實にひどい。それに冬になつてもストーブを焚かないと云ふし、わたしは隙間風に震へ乍ら、かじかんだ手にペンを握つてゐるおまへの姿を想像して堪らなくなつた。それに較べて自分の通つてゐた學校は――とわたしは連想しないわけにゆかない。綠樹に圍まれた校舍、廣々とした校庭、紙屑一つ落ちてゐても拾はせられた廊下、府立と私立と斯ふも違ふものか。しかもお晝にお湯さへ出さなかつたと云ふぢやないか。わたしはおまへを自分と同じ學校へ入れたかつた。勿論おまへもそれを望んでゐた。しかし發表の結果は見事に裏切られて了つた。兩人は默り込んで重たい脚を引き運つてゐた。わたしは悄氣込んだおまへの姿をみると、おまへの勉强の足りなかつたことを責める氣にはなれなかつた。有名な競爭の激しい學校だ、それを、そう學課の得意でなかつたおまへが受けようなんて云ふのがそもそも間違ひだつたのだ。しかしわたしには、兄弟だから幾等か、と云ふあてにもならない獨りよがりの賴みがあつた。それに試驗なんて運だ、うまく自分の識つてる所さへ出りや、そう云ふ氣持も手傳つてゐた。其の言葉は其の儘そつくりこつちへ還つて來て了つたぢやないか。『試驗なんて運さ』そうおまへを慰め乍らも、それは自分に云ひ聽かせてゐたのだ。それにしても如何にも殘念でならなかつた。――しかし、今では其の嫌な憶ひ出もなつかしい。ひよつとすると、おまへの死を早めたのも、此の埃り臭い學校の故爲ぢやないか——不圖そんな氣にもなる。
　駿河臺のテニスコートへ此間行つてみた。全然見識らぬ人がやつてゐた。皆何處かへ行つて了つたのだらう。其の後誰とも逢はない。もしわたしがテニスをするとしてもあのコートではやらないつもりだ。其の理由は解つて呉るだらう。わたしはおまへと共に過した印象を、其儘そつくり大事に自分の裡に仕舞つて置きたいからだ。おまへの友達にも時々逢ふ。皆元氣だよ。卒業を眼の前に控へて、彼等は銘々違つた行く先を描いて、歡喜と其の癖其反面に莫とした怖れに近い感情を抱いてゐるに違ひない。もしおまへが居たら今頃はどうしてゐたらう。上級學校へでも入らうと思つて試驗準備に夢中になつてゐたか？　それともおまへの思つてゐたように可愛らしいサラリーマンになる爲に就職口を搜してゐたか？　恐らくおまへはしつかりした目的が定らなかつたに違ひない。無理もない。わたし自身の苦い經驗から其の氣持はよーくわかる。あの頃でもおまへは將來に就て迷つてゐた。わたしはしきりにもつと勉强をすることを奬めた。しかしおまへは自分の能力に自信が持てないようだつた。其處へ偶然にも安田の支店長から話があつたのを幸ひに、おまへは其處へ入ると定めてゐたようだつた。わたしにはおまへの退嬰的な氣持が嚙痒ゆくてならなかつた。それには譬へ僅かでもおまへが月給を貰ふと云ふことは親の脛を嚙じ續けてゐる兄としての妙な立場を考へた故爲もあるが、そのような利己的な考へを離れてみても、どうせサラリーマンになるならせめて高商位出てゐて欲しかつたのだ。おまへは次男坊ぢやないか。思ひ切りのことをしてみるがいい、そう云ふ腹がわたしにはあつたからだ。でも今になつてみると、眞面目で勤勉なおまへは、やはりコツコツと實直に勤めた方がよかつたのかも知れない。其の方がおまへらしくていい、此の不景氣では食べる丈でも容易ではないのだから、わたしはそうも思つてみる。しかし何よりいけなかつたことは、おまへには若者の持つ希望と云ふものが缺けてゐた事だ。わたしにはそれが何とはなしに死の豫感として思はれてならない。

わたしは此の頃しきりにおまへを憶ひ出す。季節が、死の前の、其の意味で最後の、色々とおまへと一緒になる機會の多かつた夏が、特にわたしを追憶の淵へ追ひ遣るのかも知れない。いや、ときの隔りが悲し味をわたしの胸の底にかためて呉れたのだ。沁み入るような蒼空にぽつくり浮んだ白雲を、二階で寢轉び乍ら所在無さに視遣つてゐる時、赫々ともえる夕灼けを、陽かげになつた藏の屋上から眺めてゐる時、おまへは何の前觸れもなしに、そつとわたしの裡に滑り込んで來る。詰襟の時もあれば、筒つぽの時もある。ロイド眼鏡を掛けた面皰だらけの顔いつぱいに笑ひこけてゐるかと思ふと、寂し氣にわたしの後ろ姿を視送つてゐる。兩人は面白そうに巫山戲合つてゐる。次の瞬間わたしは激しく叱り付けた。おまへは意地悪く泣き出した。やがてわたしに後悔が來る。何かとおまへの氣を紛らそうと掛つた。だがおまへは頑固に氣嫌を直さない。わたしもむつとした。——わたしは獨りぽつねんと、取り止めのない物想ひに耽り乍ら街を歩いてゐる。そんな時出し抜けにおまへは顏を出す。何かとお喋りをして、暫く一緒に歩いたかと思ふと、何時の間にかサヨナラをしてゐるのだ。わたしは違ふ街を歩いてゐる。陽が柔かくわたしの軀を包む。頰にあたる微風がわたしの氣持をさわやかにする。脚はひとりでに輕い。わたしは撥ち切れるような力をいつぱい吸ひ込んだ。擦れ違ふ人々、彼等の一つ一つの頭惱の裡には何かがある。何かが、刻々に變つてゆく何かに彼等は娯し味を視出してゐるのだ。わたしは口の內で歌を唱ふ。續けられた歌がはつしと止む。おまへの影が眼の前を掠めたからだ。わたしは眼を伏せて鋪道を視詰める。風がわたしの浮きたつた氣分を運び去つて了つた。——向ふからおまへ位の歲頃の中學生が肩を並べて何かと高聲に話し合ひ乍ら遣つて來る。實を云ふと、初めの內、わたしは彼等と逢ふのが堪らなく嫌であつた。何故ならそれはおまへの面影で、わたしの感情を破裂しそうにするからだつた。しかし今では彼等の生意氣盛りの恰好に微笑さへ感ずるようになつた。わたしはなつかしげに彼等の後ろ姿を覗送る。すると彼等の一人が出し拔けに、『タヌさん、何處へ行くんだい』と呼び懸けそうな氣がする。あわててわたしは振り向いて步き出す。――そう、タヌさんとわたしを徒名で呼ぶ者はもう居ない筈ぢやないか、弟であればこそアニキからもぢつてタヌキとも云へるのだ。わたしにはおまへの外に弟はない――そんなわかり切つたことを、わたしは心の底で呟いてみる。

　あんなに迄丈夫だつたおまへが、誰が聽いたつて意外な感に打たれぬ者はないだらう。わたしにしたつて、もし旅行でもしてゐて死にめに逢はなかつたら、ちよつとおまへの喪つたことを信じ込む迄には骨が折れたであらう。遂ひ此の間迄陽に焦けてラケツトを振り廻してゐたではないか。富士登山の時もおまへの方がしつかりしてゐた。須走では先へ下りて了つて、わたしを待つてゐたね。わたしが鞋をすつかり擦り切つて了つて、痺めつ面をして飛んで來るのをみると、『タヌさんどうしたい』と金剛杖を振り上げて駈け寄つた程の元氣をみせたではないか。歸りの汽車の內で『來年こそ白馬へ行こうよ』と云つた言葉も今では虛しい。兩人つ切りの旅行は、これが初めてでもあり、又最後でもあつたのだ。年齡が違ふ故爲か、兩人の談は合はなかつた。それにおまへが歸つて來ると、わたしは夜學とも付かぬ夕方の學校へ出掛けて了ふのだ。最も惡いのはわたしがおまへの存在に慊はなかつたことだ。何時か墓詣りの歸りにO君から聽いたのだが、おまへは自家（うち）を非常に寂がつてゐたそうだね。本當だよ、皆の氣持がばらばらなのだから時に依ると一日中口をきかないことさへある、そんな家庭つてあるものか。しかし其の責の一片は確かにわたしにもある。わたしは自分のことしか考へない小さなエゴイストだ。其の上、學校の勉强にばかりかまつて、外に手を出さないおまへを糞眞面目な頭惱の悪い奴だと蔑じてゐた。何と思ひあがつたわからん兄貴だつたらう。赦して吳れ、わたしは恥しさでいつぱいだ。愚かにもわたしはおまへのいい所に氣付かなかつたのだ。緣日の歸りには無駄喰ひをする代りに植木鉢を購つて來るおまへを、遠足へ行くと其の小遣の幾分かを裂いて土產を持つて來るのを忘れないおまへを。遊びたい盛りのおまへ達に、しろと云つたつてこんな事が出來るもんか。純情のおまへであつてこそ初めて出來るのだ。わたしはおまへを失つたのが一層惜まれてならない。河口湖でボートを浮べた時だつた。わたしはおまへのオールを握る腕を眺めて、どんなに力強く思つたであらう。それは口では云へぬ肉親にのみ觸れ合ふ感情だ。これから先、もしおまへが居たら、どのように賴りになるかわからないのに。

最初おまへが寢就いた時、それ程のことはあるまいとたかをくくつてゐた。Aさんの診立ては氣管支カタルとのことだつた。それは誤診であつたのだ。病勢は日增しに進んで行つた。餘り熱が下らないので不安に惟つた母は大森の叔父さんにも立ち會つて貰つた。其の結果は異外にも急性肺炎であつたのだ。わたし達は今更乍ら騷ぎ出した。直ちに醫者が取り換へられる、看護婦が二人附く、と云つた具合。誰かしらがおまへの枕元に附き添ふことになつた。病室は常に六拾度の溫度を保つ必要があつたので、欄間に紙を張り、店の大火鉢を入れた。其の大火鉢が、餘り火を熾し過ぎた爲であらう、眞二つに割れた。新しいのを求めに出掛けたわたしにはそれが悪い前兆と思はれてならなかつた。

病勢は日一日と思はしくなかつた。熱は依然として下らなかつた。それにも增して困つたことは心臟が弱つたことだ。おまへは苦し氣にはあはあ大きく息をして、しきりに酸素を吸ひ込んだ。痰を吐くのも苦しくなつて來た。度數もぐつと減つて、それを口外へ吐き出す力がもうなくなつて了つたのだ。紙を口元へ持つて行つても、どうかすると其の儘飲み込み勝ちだつた。痰が出なくなつたら……腦へ來る怖れがある。おまへは思ひ出したようにうわ言を云つた。それが大部分學校のことばかりではないか。おまへの頭には最後迄學校のことが離れなかつたらしい。

しかしおまへが欲いと云ふものが與へられず、又昂奮するからと云つて、會ひたいと云ふ友達を無理に斷つてゐた頃は末だよかつたのだよ。

『何でもお好きなものをあげたらいいでしよう、それにもしお通知する所がおありなら……』と云はれた時は既に醫者も匙を投げて了つたのだ。O君を逢はした時だつた。それでもおまへは嬉しそうに、苦しい息の下から吐切れ吐切れに云つた。『ねえ、君、先月からやられちやつた……でも、もういいんだつて……あした葉山へ行んだ……姉ちやんとお母あさんと……此處、末だ葉山ぢやないね……ああ、そうか……君、來ないか……土曜に來て日曜に歸れば……』O君は硬くなつて、唯變つたおまへの姿を熟視めるばかりだつた。葉山、おまへは餘程葉山へ行きたかつたに違ひない。自分の家であり乍ら遂ひにおまへは一度も其處へ往はなかつたぢやないか。それを考へると今だにわたしはおまへの氣持がいぢらしくてならない。『試驗はどうだつたい……僕ら、普段點で十五番になつたんだつて、教師つて莫迦だね……』そして『ふふん……』と寂しく嗤つた。O君の兩眼から涙が頰に傳つた。わたしは其の場の空氣に堪へ切れなくなつて來た。それは皆おまへの學校思ひに對するわたしの嘘だつたのだよ。嘘でもいい、そう信じて呉れ。わたしはそつとO君に眼で知らすと『又來て頂かうね、あんまり話すといけないから……』と云ひきかそうとした。其の時だ。おまへは瘦こけた掌でしつかりわたしの手を握ると、身を悶へて起きあがらうとするではないか。わたしは愕いて『駄目だよ、寢てゐなくちや』と無理におまへの手を蒲團の中へ入れようとしたら、其手を振り切つて『兄さん、嫌だ、嫌だ、死にたくない』と枕に顔を埋めた。わたしは上向いて喉元迄こみあげた涙を咽み込んだ。思はず泣き崩れた姉ちゃんを眼顔に叱り乍らも、お母さんは兩眼からぽろぽろ涙を落した。看護婦迄が瞼を屢叩(しばだた)いた。わたしはO君の後から席を立つた。梯子を下りてから、抑へてゐた感情が爆發した。わたしは思ひ切つて泣いた。涙は後から〱尾をひいて止めどがない。——泣くなんて、そう思ふ側から涙がにじみでた。

しかし病魔は情け容赦もなく殘忍な暴威を逞しうした。もう注射も駄目、藥も効かなくなつた。昏悴狀態に墜ち入つたおまへは、一歩々々死の谿へ牽き連られて行つた。唯、あとには時間の問題丈が不安に包まれたわたし達を待つてゐた。叔父さんは最後の注射を太股に差し込もうとした。お母さんはおろおろ聲でそれを止めた。『どうせ、そうと定つたら、餘り苦めないでやつて下さい』それは親の棄て鉢な慈悲だつた。『それでも遺る丈遣らして下さい……お察ししますが』それには醫者としての立場があつたのだ。皆が一生懸命だつた。わたし達は、一晩中枕元に附きつ切りで、生と死の間をさまよふ憔悴したおまへを視護り續けた。代る代る脱綿に水を浸して渇き切つた唇を濕した。おまへはうまそうにスパスパと啜つた。わたし達はおまへの名を呼んだ。視力はもう効かなかつたが、それでもわかるとみえて、時々頷いたりした。

斯ふした不安な夜はしらんでいつた。おまへは頑强に死と鬪ひ續けたのだ。しかしそれは儚い生の喘ぎに過ぎないのだ。わたし達は唯眼を腫らして、水氣でにぶく光るおまへの顔に映る死の影を熟視めるばかりだつた。突然何かに襲はれたようにおまへは叫んだ。『お母あさん、早く、黑い人が、あつ、來る、早く、ああ……』わたしの手にすがり付いたおまへの腕には恐しい力があつた。お母さんが飛んで來た。お母さんは看病疲れと張り詰めた氣持の爲に輕い腦貧血を起して階下で寢てゐたのだ。お母さんはお念佛を唱へ乍ら、靜かに胸を擦つた。もう小鼻もめつきり大きくなつて、舌が廻らなかつた。『嫌だ、そんなに早く行つちやあ、姉ちやん、退却だ』こんなことを口走るおまへはどんな處をさまよつてゐるのだろう。部屋の隅々迄不氣味な靜けさが泌み込んで往つた。其中を重たい死の歩みは一刻一刻に此の憐れな魂に近付いた。

瞬間、喘ぐ呼吸ははたと止つた。手足は見る間に冷くなつて了つた。お母さんはそつと瞼を閉した。おまへの顔は眠つてゐるように安らかだつた。わたしはそーと廊下へ出た。戸を開けた。にぶく光つた陽が部屋の內へ流れた。わたしは大きく呼吸をした。直ぐ傍の小學校の一部屋から、常に變らぬ子供達の可愛らしい聲が、單調なオルガンの音に併せて聞えた。

それからのめまぐるしい二日間、わたしは唯忙しく過した。氣が張つてゐた故爲か、非常にあわただしかつた。わたしは何とひとに悔みを云はれようが少しも悲くはならなかつた。世間的通り一ぺんの挨拶、浮世の義理か、そんなものはちつとも有難くはない。わたしは妙に反抗的にかたくなな氣持にさへなつた。わたしの差し當つて欲しかつたのは、心ゆくばかりの睡眠だつた。張り切つた糸が切られた反動に、疲れが一度に出たのだ。それはわたしばかりではない、皆がそうだつた。しかし特にわたしが堪へられなかつたのはお通夜に來た連中だつた。逆なのだから成る可く質素に、そうは云ふものの、いざとなると中々簡單に濟ませないものだ。それにしてもわたしが我を張つて、親戚の人がそれでは餘りあつけ無さ過ぎるでしようと云ふのを、强いて押し切つて、其の日をお通夜に定めたのはよかつた。こんなお祭り騷ぎが二晩も續いたら、それこそわたし達が參つて了ふ。殆ど顏も知らない遠緣が遣つて來る。まるつ切りおまへには無關係な人達が座敷へのさばつて大きな顏をしてゐる。それ等の人々の應接に、お母さんなぞは落ち付いて食事さへ取る閑がないのだ。實にばからしいこつた。わたしはそれ等の人を見てゐると神經的に苛々してならなかつた。今になつてみると、其の時のわたしは餘程どうかしてゐる、何もそう迄になる必要もあるまい、とにかく皆さんはそれぞれ用事のある中をわざわざ悔みを云ひに來て下さつてゐるのぢやないか、それに對して少くも外面丈でもお禮の氣持を裝つてゐた方がよかつた、といささか恥しくもなるが、實に其の晩のわたしの氣持はかたくなになり過ぎてゐた。わたしはそーと貸屋の家の蒲團を借りて寢に往つた。少し勝手過ぎたとは思つたが、未だ明日もあることだし、今晩は勘辨して欲しい、と自分自身に理屈をつけてもみたが、心の奥底では何よりも先づ獨りつ切りになりたかつたのだ。其の癖ぽつねんと獨り寢床に軀を横たへてみると、あわただしかつた此の二三日のことが次々と思はれて、どうしても寢就かれなかつた。寢らねば疲れるばかりだぞ、そう云ひきかせれば、一層眼は冴えてくるのだ。止むを得ず睡眠藥をとりに又そーと家へ戻つた。十二時過ぎなので、もう大分客は歸つて了つた。奥座敷に集つてる話聲が聞える。ちよつと其處へ顏を出して來ようかなとも思つたが、やはり止めた。わたしは朝起こされる迄何も知らなかつた。

葬式の日は雨降りだつた。來る人は迷惑であつたらうが、それがわたし達にはしつとり落ち付いた感じを與へた。會葬者は割合に多かつた。中には全然見識らぬ人が菓子を欲しさに遣つて來た。わたしは腹の底に苦笑を押し隱し乍らも、面には悲しそうな、眞面目な風をして、それ等の人々に一々丁寧に頭を下げねばならなかつた。

おまへの先生が級友を連れてみえた。弔詞を讀み上げる先生の後ろに、彼等はかしこまつて、うなだれてゐる。わたしは成る可く彼等の方を見ないようにした。幾人此の中でおまへの死を本當に悲んで呉れる人があるだらうか——わたしは次々と燒香臺の前に現れるひとをみて考へた。それは今更云はずにもわかり切つたことなのだ。彼等は用事をするように、其の前に出る。そして忙しそうに其處を離れる。掌を合せてお低頭をしてゐる彼等の頭腦の裡には何があるか——わたしも唯器械的に頭を下げ續けた。

一つ車體に家中の者が一緒になつた時、始めて葬式と云ふ感じがした。共通の悲し味が、普段氣の付かない親しさをもたらした。お父さんはしきりに昂奮して、おかしい位喋つた。わたしは窓の雨脚に視入つた。不圖、さつきのお父さんの淋しい笑ひ顏が浮んだ。『そりやあ誰だつて感ずるのさ。所謂眼の前が暗くなると云ふだらう、それさ。つまり死の直前には間歇的に視力がなくなる。それが覺悟の定つた人なら、それで自分の最後も來たと悟るのだが、何しろ全然死ぬなんて思つてゐない子供だろ、其の點返つて正直だよ。それが莫然とした恐怖を伴つて、黑い人が來た、なんて叫んだのだらう、科學的に云へば何でもないんだがね』わたしは眼の前に一本の糸を感じた。常に變らぬ街は靜かに雨に包まれてゐた。

變化に乏しい每日の生活が繰り返へされた。しかし其處には何か一つ缺けたものが感ぜられた。店に机を出して、ドラ聲で本を讀むおまへの姿だ。悲し味が、わたし達の內側に擴つて往つた……。午後、獨りぽつねんと机に向つてゐると、今にも店の硝子戸をぴしやりと閉めて、どたどたと入つて來そうな氣がする。洋服を著た儘胡床をかいて、さもうまそうにむしやくしや口へ投り込む恰好が背に感じられる。わたしはおまへの日記を繰り擴げてみる。よく几帳面につけたものだね、其處には床へ就く前の日迄のおまへが居る。わたしは逆に頁を捲り續ける……。わたしは大切にこれを保存しておこう、わたしも日記をつけたくなつた。

ひとしきり何かにつけて、おまへの憶ひ出談が語られたものだ。お母さんはとうしても諦めがつかないようだつた。『皆斯ふなる約束事だ』そう云ふ口の下から、Aさんの誤診を怨んだりした。『でも、これがおまへが一軒家を持つてから、もしものことがあつても仕方がないのだから……そうなつたら餘計大變だつた』そんな取り越し苦勞を云つては强ひて自分を慰めてゐた。そしてそれを、赤坊の頃おまへが脫腸をしたことや、乳が出なくて牛乳で育てたことなぞに詰び付けてみた。

お父さんはめつきり耄れたようだ。氣の故爲か以前程口喧しくなくなつたようだ。わたしが到底見込みがないので、おまへに店を讓らうと思つてゐたらしいお父さんは、其の意味で二重にがつかりして了つた。獨り廣い店に座つてゐる姿は淋しい。怠屈まぎれに下手な川柳を作つて、それを貧弱な川柳雜誌に發表して悅に入つてゐる。店は益々ひまだ。

おまへがよく遊びに行つたうらの家はあひかわらずだ。姉ちやんは時々遊びにゆく。そうすると笑ひ聲が家迄聽える。時に依ると、叔父さんと叔母さんと一緒に、戸に錠を掛けて割引を觀に出掛けたりする。のん氣なものだ。誰かしら居なくてはならないうちからみると、此の點實に羨しいね。

此の間、O君に逢つた。彼は元氣だ。わたしはうつかり『遊びに來ませんか、たまには』と云つて了つて後悔した。莫迦だね、遊びに來たつて遊ぶ相手がないぢやないか。二人は直ぐ別れた。

わたしは又夕方の學校へ通ひ始めた。何とはなしに一日が過ぎてゆく。隨性に引き連られた明日が還つて來るわたしは此の頃何だか健康がおもはしくない。軀がすつかりなまになつて了つた。机に向つてゐても、ともするとごろりと寢轉び勝ちで、傍らの讀みさしの本を取つて擴げてみるのだが、やがて何時の間にか放り出してうたた寢をしてゐるのだ。起き拔けに床疲れさへ感ずる此の頃だ。わたしはこんな自分を憐む。わたしはもつと丈夫にならなくては駄目だ、何か適當な運動でもしてすつかり元氣を出そう。そう思ひ乍らも、唯思ふ丈で、一向に捗らないのだ。わたしは旅に出たい、都會の噪音から離れて獨り全然見識らぬ土地へ行つて暫く生活してみたい。きつと氣分が一轉していいだらう、そうも思ふ。しかしそれは單なる希望にしか過ぎないのだ。此の不景氣の中を切り拔けてゐるお父さんをみると、どうしてそんな勝手なことが云へようか。わたしはせめて一日を自分の思ふ儘に過して遣らう。わたしは自分の往く道を自分で切り開いて行きたいのだ。

次第におまへの憶ひ出談も影を潛めるようになつた。だがおまへは何處からか突然遣つて來る。何處かにおまへは生きてゐる。あの棺に入れた時の旅裝束で、黑い影の人に連れられて往つたおまへは、きつと住み心のいゝ處をみつけたに違ひない。それが何處だかわたしは知らない。ひよつとすると、あの瞬いてゐる星の一つかも知れない。何處でもいい。時々訪ねに來ておくれ、其處でわたし達は話しをしよう。

# るい

片山勝吉

○月1日

　レストラン・アトラスからの歸途、街角でいゝ具合に一人の青年を拾ふ事が出來た。部屋へ連れて來て見ると青年の脊は高く鴨居までとゞきさうだ。猫脊の脊は稍々ステツキの握りに似て居る。すつくりと瘠せた寒竹のステツキだ。彼は寢臺の端に腰掛けたが、其樣子は一本の麥藁が三つに屈折した樣な具合なので、妾は可笑しさを感じた程だ。して見ると其の時は妾は多少彼に好ましさを感じて居たのかも知れない。妾は此處へ來る誰にでもする樣に彼の面前に脚を突き出して靴下をとつて貰はうとしたが、彼は眼を瞑つて居て、さう云ふ氣配を感じると慌てゝ身を引いた。彼のさうした態度は妾を思はず頰笑ませ、妾は自分で靴下をとり乍ら考へた、どう云ふ言葉が最も効果的であらうかと。然し妾は大慨の言葉を言ひ古して仕舞つた。妾はスカートをつけ絹の靴下を穿いた害虫でありますが、どうぞ今夜こそは妾の無禮をお咎め下さいますな。古い文句だ。そんな文句ならもう百遍以上も喋り散らして居る。ではどうすればいゝのか。今までに妾はそんな古い文句を平氣で言ひふらして來た。それなのに今夜は改めてそんな事が何故氣になるのだ。妾は彼を見凝めて見た。彼は依然として眼を瞑り沈默を守つて居た。彼は殆ど無表情だ。妾はほんの少し不安に似たものを感じて居た。それは彼の沈默が妾の氣持を何も彼も覺つて居る樣に思はれたからだ。この不安を紛らはす爲に未だ食事前であつたので戸棚を開けて食物を捜し初めたが、最早其處には食物は殆ど無くなつて居る。唯、白い麵包が一斤あるだけだ。砂糖もバタもない。さうだ妾は失念して居た。今日はアトラスでお金を借りて來る筈だつたのだ。然し今夜は一人青年を拾つた。多分彼は未だ眼を瞑つて寢臺の端に腰掛けて居るだらう。さう思つて妾は彼の方を振り向ひた。すると彼は案外にも眼を見開いて妾の脊中を凝視して居たのだ。お互ひの視線は不用意にもぶつかり合つた。彼は至極狼狽して眼を逸らし再び閉じて仕舞つた。妾は、妾も亦、何時もなら斯う云ふ場合ちらつと笑つて見せる筈なのだが、今夜はどうした事だ、彼の視線に觸れた瞬間矢張眼を逸らし、眼を逸らしたと云ふ事は妾自身を大いに間誤つかせ、次には思はず彼に憎惡を感じて居た。

「さ、もう眼を開きなさいよ」

同時に妾の手に觸れた靴下はかすかに風を切つて彼の方に飛んで行つた。一本は空しくテーブルの脚に絡みついたが、他の一本は見事に彼の顏に卷き付いた。卷き付いて見ると靴下と云ふものは實に長々としたものだ。流石に彼は喫驚して立ち上り、勿論眼を開いて、それが靴下であると氣がつくと妾の顏を睨みつけたが、直きに彼は項垂れて靴下を捨て樣ともせず右手に持つた儘再び腰を下ろして仕舞つた。

「つまらない冗談は止し給へ」

妾は彼が怒るであらうと思つて居たのだ。それなのに彼は一向怒る氣配を示さない。さう云ふ彼の態度に妾は腹立たしさを感じて居た。

「冗談ぢやないの」

それは妾の實感であつたが、彼は成る可く上品さを失はない様に努めて居るらしいのだ。

「僕は君と愉快に食事でもしやうと思つてやつて來たんだぜ」

「それだけ?」

「それだけさ」

嘘だ、それは。妾は危くさう言はふとして口をuの發音に尖がらせたが、彼の様な男に正直にものを言ふのは厭な事だ。妾は何事も見抜いて仕舞へる。彼は妾の極く習慣的な媚笑に應へて此の部屋までやつて來たのではないか、彼は既に鎖の要らない妾の飼ひ犬に成り切つて居るのではないか、そしてまた彼の顏面には殊にあのおどした眼には明らかに牡の悒欝が漲つて居るではないか。それにも不拘彼の言葉や動作は全然反對なのだ。妾は斯う云ふ青年を何時も輕蔑する事に決めて居る。然し妾は彼を輕蔑する事が出來なかつた。寧ろ一足跳びに憎んで仕舞つて居た。何故さう俄に憎惡を覺へて仕舞つたのか、それはちよつと解りかねたが、彼を輕蔑する事の出來なかつたのは實に癪であり癪であると思ふ事は焦立たしい氣分を增長させ、最初彼を少しでも好ましく感じて居た妾自身に腹が立つた。腹を立てゝ見ると彼を憎む念が一層募つて來るのだ。

「妾の名はるい。覺へときなさい」

「覺へたくはないが、强ひてと言ふんなら覺へといてもいゝ」

何と云ふ勿體振つた言ひ草だ。これは妾を侮辱する言葉ではない。彼自身を僞瞞する言葉だ。あゝ言ひ乍らも彼は妾の名を頭に刻みつけて居るに違いない。妾には明瞭に解る。妾は彼を默殺する事に決めた。そして除ろに食事を初めてみたが、食事は砂糖もバタもない水と麵包だけの食べ物だ。彼の面前でこんな貧弱な食事をする事は何と云ふ屈辱だ。それに妾は彼を默殺する事に決めて居たにも不拘、どうも彼が氣になつて仕方がなかつた。最初の一片を鵜呑みにした時、妾は額に彼の凝視を感じ、我乍ら殺氣立つて居ると感じた程、突然に立ち上つて居た。

「こ、こんな白い麵包、妾は食物だと思つてやしない」

妾の劍幕に彼も亦びくつと立ち上つて、思はず妾の言葉に吊り込まれて言つたのだらう。

「な、何だつて」

「消しゴムよ、こんなもの」

次の妾の動作は妾自身の言葉の聯想であつた。何故ならば妾は一塊の麵包を摑むと素早く彼に組み付いて、彼の顏を矢鱈に擦つて居たからだ。貴方の假面を消して上げますと云ふ妾の無意識の考へであつたのだ。彼は、う、う、とかすかな聲を出した。實にだらしのない男、其の考へが妾にまた彼に對する憎しみを新たに興させた。同時に殆ど反抗しない彼を妾は扉の外側に突き出して居た。

「這入つて來ると噛みついてやるぞ」

妾は昂奮して外の彼に努鳴つたが、彼は這入らうとも試みず、其儘階段を降りて行つて仕舞つた樣子なのだ。何と云ふ莫迦々々しさだ。そして妾はまた何故こんなにも素早く暴力を振るつて仕舞つたのだらう、おかげで大切の麵包は半斤無駄になるし、今夜の收入はゼロだ。

〇月２日

午後六時に歸宅して居ると、ぽと〳〵と扉を叩く者がある。

「お這入り」

妾の部屋へ訪ねて來る者は一體誰だらう、アトラスのコツクかも知れない、お金を都合して呉れたのかな。

「遠慮なく、どうぞ」

扉を叩く音は止んだが這入つて來る者はない。實に遠慮深い人だ。妾は眉をかき終つたので扉を開けてやつた。あ！　不覺にも妾は聲を出すところだつた。立つて居るのは昨夜の青年なのだ。仕返し、咄嗟に妾はさう感じて虛勢を張つた。

「何か用？」

然し彼は挑み掛る氣配を示さない、のみならず非常に小さな聲でものを言つた。

「昨夜遊んだお金だ」

彼は紙に包んだ紙幣を妾の前に差し出した。思はず妾は手を出しさうにした。何と云ふ醜態だ、彼の前にこんな妾を曝す事は恥辱この上もない。

「取り給へ」

其の言葉に妾のお金に對する慾望は倍加した。受け取つてはならぬ、さう思へば慾望は尙更募るばかりだ。

「要りません」

妾の言葉は情なくかすれて居り、妾は自分の言葉に歴々と嘘を感じた。彼も亦妾の嘘を見抜いて居るに違ひない、さう云ふ不安に苛立たしさを覺へ乍ら彼の顏を見上げたが、彼は昨夜と同じに妾の視線を避けて、妾からは何事も感じる餘裕がなさゝうであつた。妾はほつとして安堵に似た氣持を持つたが、安堵してみると、彼の前でこれ程までに要らざる氣を使つた自分自身に言ひ樣のない怒りを感じて居た。妾は強く言ひ放つた。

「お歸りなさい」

すると彼は素直にも妾に脊を向けて、悄然と階段を降りて行かうとするのだ。妾はそんな事を豫期しなかつただけに面喰つた。そして次の瞬間には
「お待ちなさい」

妾の思考力とは無關係に妾は其の言葉を叫んで居た。はつと思つた時は既に遲く、彼は立ち止つて振り向き、何か言つたが、妾の頭には彼を憎んで居たのだと云ふ考へが閃めき、其の時には最早妾は彼の胸にすさまじく突入する一個の彈丸であつた。彼は見事に階段の下へ轉げ落ちた。妾は右の親指に怪我をした。またしても暴力を振つて仕舞つたのだ。何故彼に對しては是れ程激怒しなければならないのか、これは不思議な氣持だが、今は考へる暇がない、妾は彼を憎んで居る。それに違ひない。そして今後とも斷じて彼を憎む。

午後九時。一時間も無駄に街を流して居た。立ち止つて居る男にウィンクする事も忘れて居る。宵に青年の胸へ軀ごと衝き當つた時の有樣が妙に思ひ出される。妾は至極焦々してカフェTの前を通つた時一人の紳士に衝突

した。彼は失禮とか何とか言つて人混みの中にそれなり紛れて仕舞つたが、妾は暫くして彼に追尾られて居る事に氣が付いた。振り返つて常の如くニツと笑つて見せると彼も亦口の邊りで笑つて見せた。彼は有髯の立派な紳士なのだ。笑つた時其の髯はかすかにふるへ、妾はそれを見てとると彼に對して多少の輕蔑を感じない譯にはいかなかつた。大丈夫彼はものになる。妾の焦々した氣持は稍々柔らげられ、妾は輕々と舗道を踏んで居た。部屋の上り口で彼と一緒になつた。

「どうぞ」

彼は言ふのだ、どうぞ先へお上り下さいと。妾は彼に對する輕蔑を固持して居たが、彼は妾のさう云ふ氣持を全く知り拔いて居り、然も寛大に妾を受け入れて吳れる態度を示して居る樣子なのだ。階段を上り乍ら妾は次第に彼に好感を持つてゆく自分を感じて居た。そして遂ひに部屋に來て彼が帽子を脫ぐと、最早全く彼に對する輕蔑心を失つて居た。何故ならば脫帽した彼は見事な禿頭であり、禿頭にして立派な有髯であると云ふ事は妾に可笑しさと同時に親しみを與させたからだ。彼は宛も妾の氣持を全部理解して居るかの如く、ちよつと頭へ手をやり、さて朗らかに笑つて見せた。

「蠅ではないよ」

旣に妾は彼の胸に顏を伏せ、髮の毛に彼の髯の觸れるのを感じて居たし、彼は妾の手を取り指を弄んで居た。

「おや、怪我をして居る。若い男と喧嘩でもしたのかね」

不意の事に妾は思はず彼の腕の中から逃げて、彼の顏を見凝めて見たが、彼の顏色には疑ひを見出せない。然し、妾は胃の底に何か苦みを感じ、彼から怪我した指を隱して居た。

「觸られると痛いの」

「成程、心の痛手だね」

「そ、其の通り」

平然として冗談に紛らはさうとしたが、妾の胸の中には何か治まらぬものがあり、妾は再び口の中で「其の通り」と云ふ言葉を反芻して居た。そしてそれは眞實の言葉ではないのかと不意に妾は思つて居たのだ。眞實の？否違ふ。妾に其の様な氣持は斷じてない、妾は唯上手な冗談を言つたゞけだ。

「其の男は餘程力が强いのかね」

「其の男？」

「さうさ。喧嘩したと云ふ」

「いゝえ、とても弱いのよ」

言つて仕舞つて妾は愕然とした。妾は歴々と青年の姿を思ひ浮べて居たではないか。そして斯う言ふ質問をした紳士に怒りを覺へるよりも、寧ろ妾自身の狼狽を隱すのに急であつた。妾は努めて落着き「ほんとはね。罐詰の蓋を開け様とした時怪我したんですわ」と言つたが、明らかに妾の口は歪んで居たに違ひない。それに妾はこんな下手い嘘を言ふのは實に氣が引けた。然し咄嗟に妾は考へたのだ、こんな下手い嘘を言つて仕舞つたが、此の紳士はそんな事に全然無關心で居て吳れるだらうと。そして實際彼は無關心らしいのであつたが、妾はまた考へたのだ、たとへ無關心であつたとしても妾はそれに甘へて居ていゝのだらうか。すると妾は柄にもなく恥かしい氣分に襲はれ初めた。この氣分は相當妾を間誤つかせ、何故こんな氣分に襲はれたかと自問する事は妾自身から自信を奪つて仕舞ふ結果になるらしいのだ。妾はそれを怖れ、自分の軀は紛割れ物であると感じ、彼にそつと愛撫して貰はうと側へ寄つて行つた。

「それにしても、藥指でなくて仕合はせだ」

「何故?」

「親指なら指輪を嵌めるに差支へはなからうぢやあないか」

妾は彼の首へ囓りついて居た。彼になら思ふ樣甘へられると思つたからだ。すると彼は靜かに妾の腕を解き、壁際に歩いて行つた。妾は少しく不安に駈られて彼の脊中を見送つたが、彼は頓着なく壁に掛けられた一葉の寫眞を手に取つて眺めて居るのだ。軈て彼は振り向きそれを示して言つた。

「君かね?」

「いゝえ」

「誰だ?　そつくりぢやないか」

「お母さん、十九の時」

彼は苦笑して妾に其の寫眞を返し、何か失策をした人の樣に「これは」と口の中で呟いて居た。妾は俄に彼に對して愛情を感じ、彼の胸へ跳びついて行つたが、彼はまるで親猫の樣に身を翻し、妾の手に持つた寫眞を指差して居るのだ。

「どうもお母さんの前ではね」

今度は妾が苦笑する番であつた。彼は愉快さうに笑ひ乍ら、妾から其の寫眞を奪ひ取ると窓際まで歩いて行きちょつと後を振り返つた後、妾が不審がつて居るにも不拘徐ろに窓を開けた。妾は吃驚した。

「どうなさる？」

然し彼は寫眞を捨てたのではなかつた。彼は雨樋の際に釘を見付け、それに寫眞を掛けたのであつた。

「今夜だけお母さんは表に居て貰はふよ」

妾は彼の機智の前に頭を下げ、彼の腕の中で妾は眠つた。

○月5日

彼は部屋まで送つてやらうと言ふ。それに高價な花を買つて呉れた。窓の外へ出して置けば明朝までには蕾は全部開くさうだ。あの紳士は今日で四日も續けて妾を遊ばせて呉れる。「寒くはないか」返事の代りに妾は彼の外套の中に潜り込んで居た。「まるで蟲だね」妾は默つて居たが其の言葉は妾に適切である様だ。そして妾は自分の丈が彼の肩まであるにも不拘、妾の軀は彼のポケットの中に這入れるとさへ感じて居た。

丁度妾達が階段の中程まで上つて行くと、上から一個の球の様なものが轉つて來て、避ける間もなく妾の肩へ激突すると見る間に下まで落ちて行つたが、振り向いて見ればそれは長い棒の様なものだ。それが出口の灯に照らし出され、全身を現はした時、妾は我知らず二三歩階段を降りて居た。そして次には妾の頰から血の氣の失せて行くのを感じて居た。青年なのだ。憎むべき青年の後姿なのだ。

「知つた人かね。君の部屋から出て來た様だが」

「いゝえ」

妾は増々軀を小さくして彼によりそつたが、妾の腦裡には青年の姿が固く烙き付いて居る。それを追ひ拂はふとする事は無駄な努力が、この數日間の經驗が教へて吳れる。あの憎むべき青年は妾に憑いて居るのだ。彼は强く抱擁して吳れたが、さう云ふ强い抱擁を感じると妾は自分の皮膚から青年の記憶が今にも泌み出て行く樣に思ひ、それを彼が感じるであらうと云ふ氣がして、突然何か大聲で叫び出しさうな恐怖に襲はれて居た。

「寒い？　顫へて居るぢやないか」

同時に妾は彼から飛び退いて階段を駈け上つて居た。

「此處で澤山。さようなら」

「さよなら」

彼の歸つて行くのを見送つて妾は部屋へ這入つたが、部屋には莨の香ひが籠つて居り、灯を點けて見ると寢臺には明らかに人の寢た痕跡が其の大きさだけ長々と窪みになつて殘つて居る。それに母の寫眞が床の上に落ちて居るではないか。妾は一時呆然とし乍らも、總べてを了解する事が出來た。すると妾は何等の理由なく非常に情ない氣持に囚はれて仕舞つた。そして前後の見境もなく其の場に倒れ伏し、輾々として身悶へして居たが、軈て氣も落ち着き現に自分の倒れて居る場所が寢臺であり、然も青年の人型の上である事に氣が付くと彈かれた樣に立ち上つて居た。自分の顏がどの位强張つて居たか、鏡を見るのは勿論妾は自分の顏に觸れて見るのをさへ怖れて居た位だ。

○月6日

今朝氣が付いた事だが、妾の最も大切にして居た絹の靴下半ダースが紛失して居た。一昨日まであつた筈だ。これは決つと昨夜青年が盗んで行つたのだと決めた。然し今朝の妾は至極落着いて居られた。盗まれた事は殘念であるが、決して不愉快な、また怒りを覺へるものではない、寧ろ快い感じである。

○月7日

カフェTの前で何時もの紳士から小箱を受け取つた。「部屋で御覽」と言ふのだ。彼はそれなり人混みに紛れて仕舞つた。妾は未だに彼の名前を訊いて見ないが、彼は屢々カフェTへ行くのであらう。言はれた通り部屋へ歸つて小箱を開けて見ると指輪だ。蒲鉾型の白い色をして居る。內側にRと刻つてある。ふと初めて逢つた夜の彼の冗談を思ひ浮べて、藥指に嵌め樣としたが、指輪は餘りに小さ過ぎる。彼は此の指輪に當て嵌る位妾の指が細くしな〳〵して居るとでも感じたのだらうか。然し妾の指は彼の想像よりも餘程太過ぎるのだ。妾は指輪を差程慾しいとは思はない、それよりも上等な絹の靴下を五ダースばかり慾しく思ふ。

○月10日

誰か部屋へ這入つて來たな。さう云ふ氣がした。午後十時頃であつたが近頃は氣が落ち付いて居て、もう眠らうかと思つて灯を消した許りなのであつた。再び枕元の灯を點けて見ると、扉の內側に立つて居る人がある。青年なのだ。妾は驚かなかつた。何となく青年の訪ねて來るのが當然の樣に感じられたからだ。あるひは妾には彼の來るのを待つ樣な氣持があつたのかも知れない。否、そんな事はない、何故ならば妾は忽ち怒鳴つて居たからだ。

「誰です？　無斷で這入つて來て」

然し妾にはそれが誰だかと云ふ事は明らかに解つて居たのだが。そして妾は彼があの青年であると云ふ事には殆ど驚かなかつた代りに、彼の眼が妾を見据へて居るのには少なからず驚いて仕舞つた。彼は細長く高い脊を稍々前方に屈折して妾を見凝めて居る。

「無斷で這入つて來ちや惡いか」

「女の部屋へ――」

すると彼は輕蔑に似た笑ひを洩し、「ところが――」と言ふのだ。妾は確かに機先を制せられて居た。妾は彼の笑ひ聲に危く自信を失ひかけた程だ。

「言ひ譯はお止しなさい」

「ところが、誘惑したのは君だ」

そして彼は妾の方へ除々に近づいて來るのだ。妾は少しも恐怖を覺へては居なかつた。從つてさう云ふ彼を仔細に觀察する事が出來た。彼は見違へる程弱々しさを失つて居たが、妾は彼に對して習慣的に暴力を振ふ癖がついて居たに違ひない。紅棒が妾の手に握られて居た。彼が三歩ばかり前進した時、妾は既にそれを投げつけて居た。紅棒は彼の額へ鮮やかに紅い一點を殘し、反動を以て妾の胸へ彈き反つて來た。同時に妾は兩肩に何か强い衝激を感じ、したゝか床の上に倒されて居た。香水壜が眼の前でパチンと快い音を立て、咽つぽい香いを撒布した。妾は腰骨に疼痛を覺へて居るにも不拘、何故か其の香りに爽やかさを感じ乍ら暫く起き上らずに居たが、軀て耳元で彼の昂奮の爲に呂律の廻らなくなつた長々しい言葉を聽いた樣であつた。そして其の最後の言葉だけを明瞭に聽きとる事が出來た。

「――賣笑婦」

其の言葉は妾に勇氣を與へて吳れた。妾は跳ね起きた。

「さう

妾は胸の中の凝りを吹き飛ばし、豁然とした氣持を感じ乍らさう叫んで居たが、最早彼の姿は消失して居た、此の部屋の何處にも見當らなかつた。妾は呆然とし、是れは何かの間違ひではなかつたのかと思つた程だ。然し床の上に香水壜は見事に粉割れ、未だに其の芳香を部屋中に充滿させて居り、紅棒は二つに折れて居た。妾は息苦しさを感じ窓を開けた。窓からは冷たい風が吹き込んで來た、そしてどうやら外は寒い風が吹きすさんで居る樣であつたが、首を出して往來を覗いて見た。すると彼は夜更けの街を步いて行くではないか。彼の細長い影は妾の窓の下まで屆いて居るのだ。妾は何か大聲で叫んで居たが、既に彼は街角を曲つて仕舞つた。同時に妾の叫び聲は遙か遠くから戾つて來た。夜更けの街には谺がある、妾はそれを初めて知つたゞけだ。

妾は妙に落膽して居た。それは肉體的にやり切れない程の激しい落膽であつたが、軈て妾は重大な忘れものをして居た事に氣が付いた。それは何時の間にか彼に對する憎しみを忘れて居た事だ。妾は少しく慌てゝ、彼は憎むべきであると考へて見たが、其の考へは空しく妾の胸に撥ね反つて來た。最早彼を憎む事は出來ないのであつた。然し妾は彼に「賣笑婦るい」として記憶される事に勇氣に似た誇りをさへ感じて居る。

○月11日

レストラン・アトラスの午後一時。ビーフステーキ二人前、受持13番、妾だ。晝間の勤めは何時まで經つても自信が持てない。テーブル13番へ行く途、妾は今少しで皿を落すところであつた。隣りのテーブルにあの青年に似た男が居たからである。似た男が、横顏の似た――然し近づくに從つて、それは似た男ではないと云ふ事が解つた。そして妾は再び喫驚して仕舞つた。似た男どころか眞實青年であつたのだ。妾は彼の方を見ない樣にして番へ皿を置いたが、其處に居る男達は妾を見て無遠慮にも批評を下して居るのだ。

「どうだい、ちよつと踏めるね」

「美婦ステキ、斯う云ふ洒落は――」

妾は彼等の會話をちよつと耳に入れ、俄かに此の上ない屈辱を感じた。そしてこの樣な會話が青年の耳に這入りはしなかつたかと云ふ不安に襲はれ、ちらつと彼の方を盜み視したが、彼は氣が付かない樣子であつた。妾はほつとし、こんなに氣を使つて居る自分を嘲りたく思つたが、突然の叫び聲は妾を全く打ちのめして居た。

「るい――るい」

振り向く必要はなかつた、それは明らかに青年の聲であつたからだ。周圍のお客達は揃つて妾の方を眺めた樣であつたが、妾は多くの人達に眺められても一向平氣である。然し青年に發見されたと云ふ事は、彼に給仕女るいを見られたと云ふ事は非常に妾の氣を顚倒させ、妾の全身は恥の爲にはち切れさうになつて居た。妾は內臓がむき出しになつたかと思つた程だ。

「情婦ですな」

お客の一人は確かさう言つた筈だ。妾は騒音の中から其の言葉だけを明瞭とらへる聲が出來た。そして妾はそのお客に怒りを覺へるよりも先に夢中で走り出して居た。澤山の笑ひ聲と青年の叫び聲とが妾の脊中をどやしつけた。妾は幾度か椅子に足をとられて轉び乍らも、遂ひに奥まつた部屋まで逃げのびで居た。だが其の部屋までも青年の叫び聲は聽へて來るのだ。それは何を叫んで居るのか全然意味のとれない喚聲であつたが、時々妾の名を呼んで居る事だけは事實だつた。自分の名が叫ばれる度に妾は脊筋に冷たいものを感じ、其の度に妾は昂奮するよりも寧ろ冷やゝかに落ち着いて行く様であつた。然し妾は何をする氣力も失つて居た、出來得れば其の部屋の壁に液化して泌み入りたいとまで感じて居た。

午後十時には妾はぐつたりして部屋に居た。自分で自分が部屋に居るなと思つたのは歸つて來てから三十分も經つた後だ。それ程妾は氣拔けがして居た。何か一つ足りないものを感じて居る、これは空腹のせいではないのかと思ひ食物を捜したが見當らない、其の代り戸棚の奥から古ぼけた麵包が半斤轉り出た。表面は固く乾からびて居る。殆ど無意識に其の固い表面を千切つて投げて居ると、妾は不意におど〳〵した青年の姿を思ひ浮べて仕舞つた。さうだこの麵包は最初の夜青年に投げつけた麵包の片割れであつたので。妾にとつて青年は今や憎惡でもない、屈辱でも増して怒りでもない。青年は妾にとつて何の感動をも興さない。妾にとつて青年は今や憎惡でもない、屈辱でも増して怒りでもない。然し妾は最早慌てゝは居ない既にゼロなので。お互ひに裏側を見せ合つて仕舞つた。此の上は何もないのが當り前だ。妾は唯疲れだけを感じる。麵包は何時の間にか內側の柔い處を現はして居た。然し妾はそれを喰べる氣にはなれなかつた。それが古い爲ではない、どうやら麵包も疲れの味がしさうであつたからだ。

妾は幾時間か轉寢した様であつた。眠り乍ら扉を叩く音を聽いた。

「るい、るい」

耳慣れて居る紳士の聲だ。半醒の狀態で扉を開けた。

「眠つてたのか」

妾は殆ど眠つた儘首を前後に動かした。そして彼の朗らかな笑ひ聲を聽き、其の息を顏に感じた。

「まるで主婦の疲れだね」

其言葉に妾はすつかり自信を失つて行く様であつた。そして彼の兩腕に全身を持たせ掛けて仕舞つた。此の少し前で今夜は終つたのだ。何故ならば若し妾の眠呆け眠に誤りがなければ、彼の手首にチク〳〵鳴つて居る腕時計は午前零時三分を指して居たからだ。

○月15日

妾はまるで自信を失つた。其の自信を失つた事さへも最早口惜しいとは思つて居ない。妾は駄目になり、すたれて行くらしい。そしてあの紳士にだけ靜かに凭掛つて居る。紳士は今日も妾に一揃の着物を送つて呉れた。然し着物は花嫁の着る着物だ。

○月30日

妾はまだ若い、それにも不拘次第に凋んで行く自分を感じて居る。これは餘り夫に甘へ過ぎる爲であらうか。夫は、夫も亦妾を如何にしたらより以上喜ばせる事が出來るであらうかと云ふ事ばかりに腐心して居るらしい。そして時々彼はユーモラスな事を言つて妾を笑はせ様とする。「お前の夫はどんな人かと訊かれたら、お前は唯斯う言へばいゝ。妾の夫は禿頭にして且有髯の見るからに朗らかな、そしてまた愛情に富んだ立派な紳士でありますと」然し妾はそれに付いて唯靜かに頰笑んで見せるだけだ。

# らぐ・むじいく

伊藤　昇

Rag-musique に就いては、他の音樂雜誌に少しばかり書いた事があるが、今度は少し異つた方面から考察して見やうと思ふ。

Rag-time（ラグ・タイム）と英語の辭典を引くと、『黑奴（ニグロ）の音樂に擬して切分（シンコペーション）したる旋律にして、アメリカの俗間に行はるゝもの』と飜案されてあり、また形容詞には、『馬鹿げて可笑しき』ものであると書かれてゐる。

歷史としては勿論そんなに古いものでは無く、新世界（アメリカ）に奴隸賣買制度が行はれてゐた頃に入國したニグロの土產のリズムであつた。

開拓時代の新世界に驛馬車が華やかに往徠し、二挺ピストルが幅を利かせた頃、このラグ・タイムは產聲を上げたもので、當時の大都會の社交場裡に於ては、ワシントンポスト・ショッティス又は何々リールと名付けるラグ舞踏曲が盛んに行はれたものであつた。

これが現下の世界を風靡してゐるジャズの前身である事は云ふ迄もない。

黒奴（ニグロ）の頽廢的に憂鬱なシンコーペーションのリズムと、その狂騒的な音樂とが、瞬間を愛する現代人の嗜好に投じて終つてからは、最早や生活と密接な關係を持つて、晝夜の別無く吾々の身邊と、そして世界の隅々に絶間も無く此狂暴極まる騒樂が湧き起つてゐる。

私はジャズの中でもフォックス・トロットから變化したブルース——これはテンポの遲いもので多くサクソフオーンの甘いお饒舌りと、トロムペットの高笑ひと、トロムボーンの Wha Wha とで出來てゐるものである——とタンゴが好きである。タンゴは西班牙の古い舞曲であるが、現在一般に行はれてゐるものは西班牙の移民が南米に移住してから生れたものが主で、タンゴ・アルヘンティナと呼んでゐる。これは移民が大陸の彼方に沈みゆく夕陽を眺め乍ら遠い故郷を思ひ出して郷愁（ノスタルヂヤ）を歌つたものであるから、遣瀬ない頽廢的な淋しさに包まれてゐるのを特長としてゐるものである。此他に甘いメロディーと淋しい伴奏とを持つたヴルスがある。そしてこれ等は民衆の嗜好に從つて次々と新しい曲が生れてゆく。

此樣にして民衆に深く喰入つて來た最近では、この騒音が漸次整理され、純藝術的作品——例へば演奏會場用ピアノ曲とか、小管絃樂曲とか——のに取入れられてラグのタイムと、憂鬱なるシンコペーションとは活躍を初めた。

ピアノ曲では、數年以前にアンリ・ジル・マルシエツクスが帝國ホテル演藝場で世界初演をした、モーリス・ラヴエルのフォックス・トロット『朝の五時』などは有名な方である。

曲は四分の四拍子で、全體はラグ獨特のリズムと切分（シンコペーション）音と三連音符（トリオーレ）の甘いメロディーとで縫ひ合せて構成されてゐる。

ヂョルジュ・オーリックは『アデュ ユ・ニユーヨーク』と呼ぶフォツクス・トロツトを發表してゐるし、ダリユース・ミローは一九二二年の夏の避暑地で、ピアノ曲『三つのラグ狂想曲』を書いて發表し、其後タンゴを一曲作曲してゐる。

Tro's Rag-Caprices は三つの部分にわかれ、一番と三番ははつきりしたリズムを持つフオツクス・トロツト風の作品で、二番はロマンスと名付けた旋律本位の極めて平易な、そして一寸フーグの手法を取入れたフォツクストロツトである。

イゴール・ストラヴインスキーは一九一八年に、二つの木管樂器と、三つの眞鍮管と、四つの打樂器と、四箇の絃樂器と一つのチエンバロの爲めの『ラグ・タイム』を作曲してゐる。また同年、劇作『兵士の物語り』の中には『三つのダンス』と表題して、一本のクラリネツトと一箇のヴイオロンと三つの打樂器類の爲めの『タンゴ』クラリネツト、バズーン、コルネツト、ヴイオロン、コントラバツス各一箇づゝの爲めの『ワルス』四つの打樂器とヴイオロン、コントラバツス各一箇づゝの『ラグ・タイム』を書いてゐる。

そして此等の曲は良く纒まつた氣品の高い小曲である。

その翌年(一九一九年)の六月には、ピアノの爲めの Piano Rga-music を作曲してアルトユール・ルビンスタインンに捧げてゐる。此曲もジル・マルシエクスが幾度も演奏してゐる如く、稍畸形的なリズムを持つてはゐるが特異の名曲で、ラグのリズムを巧妙に使つた點では傑れた作品と云ふ事が出來る。

コンセール・コロンヌの指導者ガブリエル・ピロルネの Impressions de Music-Hall『演藝場の印象』は佛蘭

西風に良く洗練された演奏用ジャズ作品である。

表題には

1 Girls (French Blues)

2 Little Tich

3 Le Numéro Espagnol

4 Clowns Musicaux (Les Fratellini)

等が書かれ一番はサクソフォーンの憂鬱なシンコペーションとラグのリズムを巧みに用ひた純佛蘭西風のブルースで、甘つたるい夢みる様な雰圍氣を良く描いてゐる。二番はワンステップ風の小品で弱音器附のトロムペットが、妙に押潰れた様な低音で諧謔的な旋律を獨奏する。三番は極めて早い西班牙舞曲で、絃とクラリネットの主旋律に終始されてゐる。

四番は演藝場内の雰圍氣を描いたもので、espr. et dans le style „Music-Hall" などと書き込まれてあり、表題の示す如く變化の多い特異なテンポを持つたものである。

この『演藝場の印象』は一幕物の舞踊として、一九二七年四月八日に巴里のテアトル・ナショナル・ド・ロペラに初演されたもので、初演の時から人氣を呼びその年の十月には演奏會用の管絃樂曲として編曲され、コンセール・コロンヌでピエルネ自身の指揮に據つて發表されたものである。

ミュジコールはフォリイ・ベルジエル、カジノ・ド・パリ等の演藝場又は寄席を指した名稱で、一般には英語風に呼ばれてゐる。

此等の曲は皆それ〳〵演奏會用として作曲され又は編曲されたものであるが、もつと一般民衆に愛されたもので日本にも知られてゐるものに『バレンシア』『モン・パリ』等の流行唄があつた。後者は特にフォックス・トロットで普通のジャズに作られてゐる。

また最近映畫の封切りと共にそのメロディーが日本の隅々に迄歌はれてゐるものはナゼエル、モレッティの作品

Sous Les Toits De Paris『巴里の屋根の下』の歌であらう。

最近に日本に這入つた流行歌の內で、これ程急速に民衆の心に喰入つたものはない。

曲は緩やかな四分の三のヴルス・テムポで、旋律は直きに覺へ易い簡單なものであるが、その簡單さの內に何とも云へない氣分を人々に與へる。

獨唱を終つて齊唱のレフレエンに這入ると

——Tant que tu m'aim's bien J'n'ai besoin de rien Pres de ta maman Tu n'as pas d'tourments——

と歌はれる邊り、淋しさとか遣瀬無さとか意外に、充分に朗らかさをも備へてゐる。

そしてこの甘い美しいメロディーをじつと聽いて居ると、巴里の裏通りに在る下宿屋街に敷詰めた堅い石疊の通りに、歌聲が反響してゆく有樣を思ひ起さずには置かない。

そして私達も知らず〳〵の內に

——Sous les toits de paris le bonheur——

と歌聲に和して終ふ。

ジャズ流行唄の中でもこれ程、不思議な魅力を持つて人の心に迫つてくる作品は少い。今後は民衆の間に斯うしたジャズの小曲が流行してゆくと同時に、純藝術派の作曲家達はピアノ曲に、歌曲に、オペラに、シムフォニーに除々にラグのリズムと、ニグロのシンコペーションの旋律とを取入れた Rag-musique が藝術的作品として發表される事であらう。

そして次の時代にはこの『馬鹿げて可笑しき』筈のラグのリズムがあらゆる藝術を支配するであらう事が今から考へられる。

# 他の人たち

ポオル・エリュアール

パルパニイエ？……パルパニイエ？……私の一番良い友達。私は彼を愛慕する、それから彼に似た人たちを。しかし彼はもう死んでゐる、もはや何人も彼に似てはゐないのだ、そして私はいまも彼を景慕してゐる。

それは冬ではない、だがその光りは荒地に變つて私を、私の顔を蔽ふ。美しい未知の人、おゝ美しい未知の人よ。天が近づいてくる。そして私を凝視める、蛇に魅入られた人の瞳で又は踊り子に魅せられた人の瞳の中に。

（本多信譯）

# 阿片と文學

若園清太郎

阿片と云へば、われわれは直に支那を聯想するやうに、阿片を文學に結びつけるとき、われわれは、かのド・ケンシイの「阿片溺愛者の告白」（辻潤氏譯）を、若し貴方が佛蘭西文學研究者であればコクトオの「阿片」を思ひ出されるに違ひない。が、私は以上の二つの作品について話さうとは思はない。何故なら、それは話すべくあまりに周知の事實であるから。私は、未だ我が國に紹介されてゐない、阿片を取扱つた作品（現代佛蘭西文學のうちの——）に就いて、二三を紹介的に、簡單に話して見やうと思ふ。若し、この拙文が諸氏の興味を惹かば幸である。

☆

白い粉末。煙。阿片とコカイン。痲醉劑は

# 死とおまへは結婚する

レイモン・ラヂゲ
江口清 譯

死とおまへは結婚する――
神の許しも享けないで
だけど自殺はまやかしだ
空の扉を押し閉ざし
それは僕等をいまいましい

今や、大戰後の世界的デカダンテイズムの波に襲はれたフランスに於て、臟奇を好む人々の最も關心を持つものゝ一つである。斯樣な人々のうちで、「幻」を愛する藝術家達が最も誘惑を感じてゐるらしい。若し、阿片がニコチンと同じ程度の害？　しか齎さないとすればわれわれ人類は如何に幸福であらう！

私は、二月程前「イルストラション」で――たしか、三一年六月號だつたかと記憶してゐる――次の樣な記事を見た。

『……法律に脅かされ、官憲の嚴重な取締り死の危險さにもかゝわらず、阿片吸飮者は増加する一方で、その堅い約束をも忘れて、白粉末の方へ、つかの間の幸福の方へ、その熾烈な慾望の手を凝縮させ乍ら延ばす。

亞細亞に咲く罌粟は纎細な神經を持つた文明人に昏睡の外套(マントウ)を投げ掛ける……』

この記事の上には、南畫の縣地が掛つた小さな祕密室で、唐草模樣のシーツを敷いた寢臺の上に寢そべり乍ら、そこに阿片吸飮道具を竝べ、笛狀のパイプを口に啣えて「幻の國」を彷徨つてゐる一人の支那人の寫眞が掲載されてゐる。

遊蕩兒（あそびもの）にするばかり

さまよひながら死人等は
神の御膝（み）に近寄ります
彼等の魂（こころ）は朽葉（くちは）に似て
あらゆる風に惱まされ

何故と云ふに神々は
人の辿る道を識る――
ナルシイスは軀を投げた
苛責の愉樂を除いては

---

☆

ボードレールは阿片を吸飲してゐたらしい？　その證據に、「人工の樂園（レ・パラディ・アルティ・イシエル）」で、「惡の華」で、阿片の幻想を描寫したものを多く見受ける。

最近、コカインを題材にとり入れた小說を書いた人にマルゲリツトデスコラ夫人がある。題名は「白い妖精（ラ・フエ・ブランシュ）」で、これは一時、「婦人賞」に入選？　が問題になつた程有名な作品だ。これは、一人の男が、コカインの爲に次第に敗德の道を辿つて行く物語である。白耳義の多彩な海岸が背景になつてゐる、贅澤な生活をする數名の海岸に滯在する外國人、一人の接神論者、不可思議な二人の英吉利人、一人の猿使ひが登場し、幾多の戰慄すべき事件の後、痛ましい少年慘殺によつて悲劇の幕が閉ぢる。

阿片のことを主としてものした人に「女、阿片、戀愛に就いて告白」の著者、モーリスマグルがある。

これは、その題名が示す通り、告白書で、世の小說家、詩人、藝術家達と同じ樣に、彼も亦、阿片に誘惑されその囮となる。その經

痕には何があるだらう
自分の俤（おもて）に視（み）惚れつつ
青春の泉に墜ちたとき
彼は何を考へたのか？
似合はしくないが雌鳩よ、おまへこそ
此の愚者（おろかもの）の最後の聲を繰り返へし
どんなものだか話して呉れ！
山彦よ、僕等は 叢（くさむら） で聽くだらう
おまへは雌鳩か鸚鵡だか？

---

路を書き綴つたのが本書だ。彼はこの中で『凡そ、世に、阿片を好んで吸飲するより以上の不幸な過失はない……』と云つてゐる。彼の云ふところに依れば、吸飲を始めたのは三十年以前で、その頃は、未だ、阿片吸飲に對する取締などはなく、官憲は決して吸飲者達の心よい幻想を邪魔しなかつたから、心ゆくまで滿喫することが出來た…』と告白してゐる。

また、「旅行家」で有名なヂャン・ドルセンヌも數年間の植民地生活の見聞によつて、阿片をとり入れた小說、「黑い偶像（ラ・ノアール・イドール）」を書いてる。

數年以前、ゴンクウルー賞を獲得たアーネスト ペロションは「阿片の八つの味覺（レ・ズウイト・グウ・ドピアム）」と題する小說を書いてゐるが、本質的に「阿片」を取扱つた小說ではない。

尙、阿片、コカインをとり入れた小說に、——私の調べたところによると——次の樣なものがある。

おまへは最後の聲にかこつけて
自墮落女よ、ナルシイスの
苦もなく云ふた囁きに
どうして顏を顰めたのだ

彼ナルシイスは死の谿を
さまよひ廻る岩傳ひ
そこに彼女を求め出し
無爲が兩人を近付ける
願はくば彼等に幸あらんことを！

---

J· Ajalbert : Les nuages sur l'Indochine.

J. Boissièrre : Fumeurs d'Opium.

P. Bonnetain : Rue Pigalle.

Fr. Carco : Rue Pigalle.

H. Daguerches : Consolata, fils du soleil.

Cl. Farrère : Fumée d'Opium.

M. Grancher : Shanghai

Tita Legrand : Coufession d'une Opium.

A. de Pouvourville : Le 5e Bonheur.

Willy : Lélie. Fumeuse d'Opium.

# スタンダール論（ポオル・ヴァレリイ）

脇田隼夫

佛國大使ジュール・カンボン氏に捧ぐ

私はリュシアン・ルーベンを再讀したが、三十年前愛讀したものと比較する時、全然別個の感さへ抱かしめる。此三十年の月日を經て、私も變つたが亦此書も變つた。私の云ひたいのは、以前に出版されたルーベンを編輯し直し、增補し、改善を加へて出版された今度の改訂版が三十年前のルーベンを甦らせて、昔讀んだ時の甘い追憶を繰延べることだ。

然し何としても否み得ぬのは、最初のルーベンに得た喜びである。

一千八百九十四年頃、ルーベンの最初の發行者たるジャン・ド・ミテイに與へられたる世論は屢々非難に流れた。此期に在つて彼が我々に示したテクストが、今後、恐らくは、遺憾な點の多いもの、摘要に過ぎぬもの、可なり酷く文意を傷つけられたものゝ如く見える様になることを衷心より希望する。

此出版物その物に範圍を限つて居るのではなく、彼個人をも目標として、苛酷な批判に對してミテイ自身が再度の危險を冒すかも知れなかつたことを、私は知らぬではない。然し私の場合、何と云つても自ら彼の責任者であると思つて居る、で私は敢へて今、多少賞讃の言葉を以てそれに就て語るのである。

我々はよくステフアヌマラルメの家で落ち合ふのだつた。マラルメの「火曜會」へ彼はよく來たものだ。此貴重な火曜日の夕べをマラルメの家に過した後、我々は宵闇のローマ街の長い路を、語りながら巴里の光り輝やく中心地の方へ歩いて行くことが一度ならずあつた。我々は愉快にナポレオンやスタンダールのことなどを話し合つたものだ。

丁度此頃、私が熱心に讀んで居たのは、彼スタンダールの自叙傳的回想記「アンリ・ブリユラルの一生」及「エゴチスムの回想」であつたが、私は此二著を有名な長編小説の「赤と黑」や「パルムの僧院」より寧ろ好んで居る。それ等の筋や事件は私にとつては何等の重要さもなかつた、私にとつては興味有るものは單に總ての事件が依つて來る生きた組織その物だつた、卽ち、或人物の構成及反動なのである。もし筋と云ふ言葉を以てすれば內面的の筋とも云ふ可きか。

それでミテイはリユシアン・ルーベンの小冊を調べた――云はゞ鹽梅したのだ。で、ミテイはダンテユ書店から發行されると直ぐ私の所へ送つて呉れたが、此書を讀んで、非常に氣に入つた。私は此本を讀んだ者の中では初めの方だつた。で、諸處で頌讃して歩いた。

それ迄私が讀んだ戀愛小說は皆が皆、私にとつては退屈極まるものであり、愚らしかつたり、無駄なものだと思はれないものは無かつた。私の青春時代には戀愛其物が非常に高い所に在るもの、又一面非常に低い位置に据えられたものと云ふ考を持つて居た。だから、最も著名な作品を讀んでも其中に何ら力强いもの、眞實なもの、確りしたもの、優しいものを見出し得なかつた。

然しルーベンの中には、カステレル夫人の面影を描いた特殊の纖細さがあり、中心人物に見られる感情の高貴な深いものがあり、愛情の進展が或種の沈默の中に在つては絕對的權力となることなどが見られ、且はそれを包括し、自らなる莫然なる狀態に止めて置く、此極度の技倆等總べてが私を魅了し再讀させたのである。此甚だはつきりしない特質に依つて、可成本質的に感動させられたのは、恐らく理窟の無いことでは無かつたらう、だが尙、私は感動させられたことに驚いて居た。何故と云ふに、作家の技巧が私に與へた感情と、私本來の感情との間に、今ではつきりした區別を付けられないと云ふ點迄、一個の著作に依つて迷はされて來て居り、その事を私が別に不快に感じなかつたし、今だに尙些かも不快に思つて居らぬからだ。

私はスタンダールの文章を理解して居るし、彼の人と爲りも心得て居る。彼の感情の動きが何うあらうと構はないし、又その必要もない。だが唯私が彼に敎へて貰ひたいのは、その手腕のみだ。兎に角、リュシアン・ルーベンは私の嫌ひとする混沌たる事の奇蹟を行つたのだ。

彼の作品中に描かれた田園生活、都會生活、軍隊生活、議會生活、乃至は選擧の生活の繪卷物、即ち、ルイ・フイリップ時代の上半に於ける愉快な諷刺畫(カリカテユール)であり、生きたる素晴しい喜劇(コメデイ)であり、時にはボードヴイルでもあるものに就て云ふなら――又、中には「パルムの僧院」の如きオペレツトを想はせるものもあるのだが――此リュシアン・ルーベンでは、スタンダールが私に機智と創意によつて照し出された幕間の踊を與へたのだ。

優しさと清新さ、それが最初のルーベンに對しての私の印象だつたのだ。幾時かを彼のお蔭で紛らされた私がミテイの靈に些かの謝意を表してならぬ理由もあるまい。彼に依つて知つた此最初のそして未完成のルーベンに私は魅され感動させられたのだ。彼ミテイの勞作になる非難多き改版前のテクストを今後再び讀むこともあるまい。だから私が此最初のテクスト及その發行者に對する別辭を手向ける次第である。

今しがた私はヴオードヴイルとオペレツトの名稱を記したが（前文參照）、讀者がすぐそれを氣にされることを自分は豫想して居る。讀者は恐らく文學上の階級(カスト)の混淆を好むまい。テーヌに依り又、ニイチエに依つて讃美されたスタンダール、寧ろ哲學者なるスタンダーンが市世の才子と幾らも違はぬ位置に列せられたのに驚愕せられるに違ひない。だが事實なり人間生活なりは、そんなに秩序だつたものではないのだ。父子の關係にしろ親族關係にしろ現實では何れも餘程意外なものなのだ。

扨て、私は或一貫した經路が見える樣に思ふ。其經路はスタンダールに始まり、メリメを通り、喜劇「フアンタジオ」を書いたミユツセを經て、第二帝時代の二流劇の方へ、メイアツク及アレヴイの王候や謀叛人達などの方へと導いて居るのではないだらうか。

――且、此變轉極まりなき系統は、可なり遠くから傳つて來たのだ。（但し精神界では、總てが各方面より來り、各所へ向けて去る）

スタンダールは道化歌劇に於ては達者であるとは云はれまい。彼はヴォルテールの小説に熱心になるべきだつた。ヴォルテールの小説こそ筋の運びの迅速な、潑剌たる、恐ろしく幻想的な點で、永久に驚異的のものである。諷刺劇、歌劇、バレー、諷刺書、イデオロジーが惡魔的な動作を利用して組合はされて居る、テンポの早い、些かも假借のない作品であり、ルイ十五世の治世の末に於ける爛れた快樂の基となつた物語でもある。此ヴォルテールの小説の中に彼のやうな倦むことを知らぬ精神が、ナポレオン三世の治世の末を明るくしたオペレットの典雅なお祖母さん達を考へて見ることが出來ないだらうか。――私はヴォルテールの「バビロンの皇女」「ザディツグ」「バブウク」「カンディツド」等を讀むに至つて始めて、一體どんな音樂がオツフエンバツハ其他の音樂より幾層倍か精神的で、批判的で、惡魔的なのかといふことが解つた樣に思へる。

畢竟、かうすることに依つて、ラヌユス・エルネストはヴアリエテ座に君臨し、デュボアリエ博士はパレー・ロアイアルを主宰するに至つたらうと言ふに躊躇しない。

ベイルは幸にも、その生れた時代から、潑剌さと云ふ量り知らない賜を獲たのだ。

至上の權勢と倦怠とは、未だ嘗て、斯うも敏捷な敵手を得たことはなかつた。

古典派及浪漫主義者、ベイルは其間に在つて行動し、然も輝いたのだが、彼等はベイルの熱を煽つて居たのだ

若し、將來を映して見せる魔法の水瓶があるなら、その碩學的將來を、彼に窺はせて、面白がらせたであらう。（否、事實は自負させたことだらう）彼の表現法が定義になり、彼の奇癖が掟となり、その出來心が敷衍されて理論になり、主義は彼より出で、無限の歴史的記錄が彼の短い箴言の中に收つて了つた、等が魔法の水に映るの

を見られたことでもあらう。

彼の好んで使つた主想（モティフ）のナポレオン、戀愛、精力（エネルギー）、幸福等は夥しい解釋を産んだ。哲學者もそれに加つた穿鑿家は、目を見張つてベイルの生活の微細な點、其惡筆だの、出入商人の勘定書など迄漁つた。單純な、何にでも勿體を付けたがる或種の偶像崇拜家は、此偶像破壞者を名實共に崇拜して居る。

型のやうに、彼の有する奇怪さは模倣を呼んだ。可笑しなことに、彼自身に反對するもの總て、彼の自由、彼の氣まぐれ、普通でないものに對する嗜好等に反對する總てが彼より起つて居るのだ。名聲は屢々意外な作用を爲すものだ。名聲は常に神祕である、例へ無神論者の名聲と雖も。

スタンダール愛好者と全然別派の讀者の中にも、往々スタンダールの精神が再顯しては云ふ「スタンダールの奴め、又出やあがつた」

彼はナポレオンの幕下にあつて騎兵中尉となり次いで顧問府の輜重監及會計檢査官に任ぜられた。此の仕事は彼には全くばからしいものだつた。顧問官諸公の尊大振つた樣子や、徒に空虛な文書の山を築きあげる根氣のよさや、横暴さ、貪慾さ、僞善さ等を常に彼は輕蔑して居た。是等の諸公をモデルにするに當つて彼は常にその對象として純眞な青年又は才子を配して居る。國家の隆盛に關係ある重要人物が、事に面しては全く無能でたゞ〳〵沈默を守るだけなのに彼は氣付いて居た。彼は是等の怪物の容貌、性格、行動の實際に就いて、充分にその無價値、虛榮、虛僞、莫大な事を知つて居たのだ。

ベイルの書を讀むと、彼が大事件を輕々弄びながら取扱ふのを好んで居たのを容易に知り得る。彼が正確で簡潔な判斷を下す人物、不意打程にも急遽な、意外な事件の日程の終らない間に、即刻の辨駁を加へ得る人物を創り出すのには、惚々する。――かういふ人物である大臣なり銀行家なりが、ルーベンの中にあつて時局を處理し斷裁し、漕ぎ拔け、或は奥底に笑談を綯ひ交せ、或は奇手と正攻法を盛り合せたりするのだ、そして夫に依り、彼が共間に介在して居て、筋を書き、又は身體に、彼等の假面に隱れて出勤して居るのが良く窺はれ、尙、事實非なるものを捕へて、斯樣な人物を創り上げて、仕返しをして居るのが窺はれる。作家は誰でも、その惠まれざる運命を、能ふ限り利用するのだ。

有價値な人々は多いが、その價値なるものは、自ら成し遂げ得ると意識する種々雜多の役割に依つて來るものである。

アンリ・ベイルは一千八百十年型の良知事たり得る素質は備へて居るもの丶、矢張り、何時でも頭を下げることなどの大嫌な、所謂、厭な奴であつたのだ。

懷疑論者であつた彼は戀愛を信仰して居た。ひねくれ者である一方彼は愛國者なのだ。純理論的註釋家の彼が繪畫に興味を惹かれて居る（でなくとも、興味を感じ樣とし、または、感じて居るらしく見せかけて居る）彼は現實に抱負を抱いて居る、且、熱情の神祕的信仰の科學を、彼は獲て居るのだ。

恐らく、自己意識の增加、本來の自己に對する不斷の觀察の二つが、見出される樣に、又、種々雜多の姿を現はす樣に導いて居るのであらうか。――その才氣たるや、極度に、神出鬼沒にして、生じたかと思ふ瞬間、旣に分離して居る、口にするが早いか呑込んで居る、忽然反對側に廻り、自己に返答をし、その効果を期待して居るのだ。私はスタングールの中にムーヴメント、熱火、鋭敏な反射作用、反撥的な調子、デイドローやボーマルシエに見る忠實なシニスム、更に此賞嘆すべきコメディアン達を見出すのだ。己を知ることは、己の歸趨を豫知するることに過ぎない、歸趨を豫知して居ることは、役割を演ずることになるのだ。ベイルの心は舞臺なのだ。そして此作家の胸には、多くの俳優が存して居るのだ。彼の作品はその場の公衆を當込んだ交句に滿ちて居る。序言で、引幕の前で民衆に呼びかけて居、眼を瞬かせ、讀者に肪を送り、聽衆の中で彼が最も利口なので、彼は祕密を知り盡し、彼丈けがとゞのつまりを心得て居るのだと云ふことを納得させんと望んで居る。彼は言つてる「此處に居るのは、諸君と私だけなのだ」之はスタンダールの遺產として相應しいものだ。彼はその讀者に、讀者たることを誇らしめて居る。(未完)

附記。これは僕たちの「言葉」にのせたものですが、脇田君の唯一の原稿なので彼の靈を弔ふ意味で重載しました。未完の部分は次號に村松かつ子氏が飜譯をつゞけます。

# 脇田隼夫君の逝去

大澤比呂夫

脇田隼夫君は七月廿三日に逝去せられた。本日は既に七七忌日に當る。聊か君の志遠くして夭折せられた生涯を摘記して追懷の意を表したいと思ふ。

脇田は明治三十×年東京に生れた。幼少時の時の事は、不幸にして未だ同君と交りを得ざりし爲、私は知る處極めて少い。從つて何歳頃より不自由なる身體になられしか、これは生前同君も語るを欲せざりし爲、私も敢て詳かにしない。唯少時已に君は日本橋にありし家より上野不忍池に早朝徒歩にて散歩を試み、蓮の開花の音を聞きし事屢々なりしと言ふ。之より推せば君の健康は當時上乘にして、少しく誇張すれば亦已に江戸の風流を解せるものか。

私は麻布中學の一年生の時に至り體操の時間常に同君と最後部に並びし爲深き好誼を得るに至つた。從列の最后部は廻れ右をすれば哀しも最前部である。從つて私達は體操を極端に嫌惡した。君身體已に不自由にして四肢の聊か長くその走る樣鶴の如しとは、中學の悪戯共の言ひて喜びし處、私は祕かに同君の爲に悲しむより他なかつた。學業は首席とまでは言はざるも拔群にして特に頭腦の明敏は自然科學方面に於ける造詣に依つて斷然他を押へてゐたやうである。特に天文學、理論機械學等の知識はこの時代に獲得したものゝやうである。不幸にして官立學校への入學は君の不自由なる身體之を許さざりし爲、早稲田の理工科に進まんとした。是も病の爲に意を得ずして終つたが、この方面に進んでゐられたら同君得意の境地であるから、少くとも理論的方面に於ては成す所少からざるものありしと思ふ。

中學を終へる頃より、曾ては敢て珍らしくなかつた頰に紅潮を差す如き健康は再び決して見られなくなるに至つた。否大正十二年の震災の前後は、種々の病氣重なりて危篤とも言ふ可き狀態に屢々陷入り、到底助る見込は無かつた。然るにかの震災は同君の病氣に異常な衝激を與へ、爲に精神の極度の緊張を來し意力は肉體を征服して奇蹟的に助かつたのである。然し生命の助かつたと言ふのみで猶ほ一年間の絶體安靜を必要とし、室内に於ける徒歩の自由を得るにすら更に一年間の日子を必要とした。其後異常に熱心なる治療に依つて松葉杖に賴つて戸外の風景に充分恣に接する事を得る至つたのである。其の後二本の松葉杖は一本となり、僅か一本のステッキに支えられて歩行し得るに至る迄は更に幾月かの日子を必要とした。然し遂に兩脚は完全なる平衡を得るに至らずして終つた。

其後强き君の意志の力は除々に健康を獲得しつゝあるかに見えた。而して實際相當健康は恢復したのである。それと共にアテネに於けるフランス語の勉强が始まつた。最初は道樂視してゐたフランス語を學力の進歩すると共に加速度に精進の度を加へて行つた。他方に於て亦獨斷で兩親に祕して、慶應大學に入學手續を了して終つた。そして佛文科に入つた。これよりして同君の肉體の酷使が甚だしくなつた。朝七時頃より夜九時頃迄、慶應――治療――アテネと戸外に在つて寸時も體に暇なく忙しく動き廻つた。而も極めて不自由の身體である。

この間にあつて斯ほど好きなるフランス語の勉强を一時全然放擲せしめた程の精神的衝動を與へたところの一人きりの令姉の突發的な他界に接した。これは同君の肉體に隨分嚴しい衝激を與へたらしく、一時茫然として爲す所を知らずに居るやうであつた。この頃より宗教上の著作を讀み始めたがこれは全然他に知られることが無かつた。逝去の後に發見せられ、唯一の形見となつた終つた極めて完全な觀音經一卷の寫經もこの間に成されたものらしい。この寫經一卷は一字の書き直しなき整然たるもので充分に君の心境の落ち着きを示したものである。

軈て健康の除々たる恢復は――だが其の後の君は何時も白蠟の鷺にも似てゐた――再び活潑なる精神力の活動となつて現はれ、その一端はフランス文學研究――他の一端は已に前より造詣深き寫眞術等の研究になつて現はれた。是が爲夜の睡眠時間等も極めて少く 瞬時も精神の緊張は止むこと無く、意力が體內を僅かに支え續けてゐたのである。斯の如き狀態にあつて、今春再び風邪に冒され、然も慶應の年末試驗を押し通せる爲頓に體力の衰退を來し、完全なる健康を恢復することなく、醫師の忠告に從つて、君としては苦痛と思はれる程讀書を節したのであつた。爲に病も幾分怠つたのであつたが、暑氣の嚴しくなると共に急性腎臟炎に冒され、全然死を豫知することなく自分の精神力の肉體力に打ち勝つことゝを深く信じつゝ、終に空しく逝いたのである。恰もドウデエの la mort du Dauphin に比す可きものがあらう。

短き生涯を通じて身體の不自由なりしことが何と言つても最も薄幸の感を抱かせた。然し君はこれにめげる風は少しも見せず昂然として傍の見る者をして痛々しき感を抱かせること無き樣隨分努力した。從つて快活は習慣となり、友人知人に對しては禮儀極めて厚く私の如き野人の遠く及ばざる處であつた。唯家人に對して幾分の我儘を通したらしい。

君の研究は多く病床にあつて爲され、亦之を發表することは深く恥ずる所であり、亦死を豫知せざる故もあつてか、書き殘したものも極めて少く、それにしても寫眞術に關する研究は、數册のノートに詳しく書き込まれたものが殘つてゐる其の他ラジオ、蓄音器等の組立も數年前既に立派なものを殘してゐる。

こゝ一年間許り漸くフランス文學の研究が始められた。逝去後君の藏書を見るに、病の爲遂にカットされざる儘のフランス語の書籍は數十册の多きに及んでゐる。君に籍すに尚ほ一二年の歲月を以てしたなれば必ず成す所多かつたであらう。猶ほこのうちにはラテン語、ドイツ語の書籍も散見し、好學の度の側り知られざるものが窺はれるのである。

趣味としては歌舞伎に精通し、日本の文學に關するものは系統的に古典より近代文學に至るものに及び、相當廣い範圍に亘つてゐたのであるが、その傍ら本來の面目たる自然科學に關するものは常に床上に置かれざることは無かつた。この方面の全然知られざるは惜しき限りである。

生前の君は自己を語るは最も好まざるところ、地下にあつて、「あ奴、亦噓吐いた」と君の聰明な精神は苦笑してゐるであらう。（九月六日深更）

# 脇田君の死

若園清太郎

君の悲しい報せを、大澤君が僕にもつて來てくれた時に僕は泣かなかつた。步き乍ら話す大澤君の聲は顫えてゐた。が僕は僕の聲が顫えてはいけないと思つてわざと心の中で笑はうと努めてゐた。ともすれば心のなかに空虛が出來てくるのを嚙み殺し乍ら。僕はそれを決してお芝居でしてゐたのではない。僕はそれを自然にやつてゐたのだよ。かうした僕の氣持。それを君はよく理解して呉れるであらう。何故なら、それを君は、僕以上に持合せてゐたから。

君の死！　それは僕に一つの貴重な啓示を與へてくれた、聰明な精神が如何によく肉體の苦痛に打勝つことが出來るかを。

君の昇天した魂に幸あれ。

# 脇田隼夫

本多信

彼の妻が永くクラスに見えなかつた、僕たちが皆な心配してゐるうちに、大部良くなつたといふ話を聞いた、ガルニエ氏の送別會には銀座までぶらぶらやつてきたやうな様子だつた。もう大丈夫なんだなと僕は考へてゐた。健康さへ取戻せば、と思つて僕は雜誌のことで一寸手紙を書いた、いつまでも返事がなかつた、そして暫らくしてその返事は黒枠の葉書になて淋しく僕を訪れた。「可哀さうになあ」これがその時僕の口から出た言葉だつた。

彼はあの弱さうな體に似合はず、よく「よう！」と後ろから僕の肩をたゝいた、僕たちは冗談ばかり言つて笑ひ合つたさうしたとき、僕は面白さと愉快さでよく顏を赤くしたものだが、彼はさういふ感情を顏に表はしたことがなかつた、笑つても大聲を出しても顏色はいつもあの湖のやうな靜かな色だつた、それが僕には不思議に思へた。

劇場の廊下で會つたとき、彼の芝居好きを僕は始めて知つた。こんだ芝居の切符買つてくれ、と言つたらウンと彼は答へた、そのとき演つた芝居の原作書を買へと言ふとやつぱり快く承知した。そして彼は美味しさうに紅茶をのんでゐた。思へば、これが彼と僕との最后の面談であつた。

雜誌に殘した彼の仕事は、ヴアレリイのスタンダール論の譯稿たゞ一篇に過ぎなかつた、若し健康と時が許したら僕たちを嬉ばせる仕事をもつと澤山殘していつてくれたゞらう。この點、僕は余りにも早かつた彼の天使の迎ひの手をうらめしく思ふのである。

彼の三十五日、驟雨を孕んだ雲にうすく曇つた靜かな墓地を、大澤君や村松さんと彼のお母さんのあとから歩きながら僕は死の靜けさを考へてゐた、「悲しみはこれを春秋に分つことは出來ない」と言つた一人の友だちの言葉を想ひながら

「この道や行く人なしに秋の暮」

こんなわびしい氣持もあつた。

彼は生前、それからあらぬか觀音經の寫經をしてゐた、それがいま彼の美しい遺品として立派な巻物になつてゐる。

脇田隼夫よ、安らかに眠れ。

# 悲劇役者

（ジャン・デボルト）

若園清太郎

## 7

こんなありふれた生活を詳に描くのは無味乾燥ではなからうか？　恐らく、昂奮した家族の振舞のなかから同じ様な發作の挿話とかクライマックスの事柄とか特別な言葉使ひとかを接ぎ合はせた方がいゝかも知れないそれは母と息子——一人は何時も同じであり、一人は次第に大きくなつてゆく——との愛の場面で燈明として役立つであらう。運命と暗い不安とのむつかしい曲線を辿つた後、彼は感性に注意することが困難な時期に達してゐた。彼は眞面目に生活を考へたり、様々な動作を凝視したりした。

口喧嘩がすんでから、彼は、先づ、畑には馬を、野菜畑には牝鶏と兎とを放し、草叢に當り散らかし、庭番の世帯道具を思ふが儘に置換へた後家を脱け出した。が、それから彼は急に怖くなつて日暮頃になるまで再び柵を通らうとはしなかつた。

母と姉妹達は彼を待つてゐた、怒りと心配とで心を一杯にしながら。彼女達の顔は薔薇色だつた。うぶ毛のあるこの薔薇色は何か爭ひでもあるとすぐに蝦夷苺の様なまつかな色に變化しはじめる。

彼は、彼女達の顔が薔薇色であるのをみてとつた。

彼は喧嘩に身を委ねることしか考へなかつた。よつぽど、瓜で母を引搔いてやらうかしらと思つた程彼は癪にさわつてゐた。

（その汚れたシャツを家で洗つてあげるからお歸り！）と母が云ふと彼は暴れだした。彼等は突進した。ほんの一瞬間も彼等は控間にじつとしてゐることを考へなかつた。本能は食堂——かつての劇の一場面となつた——を選んでゐた。そこに爭ひが始まつた。

二つ三つ口答へを交したかと思ふと、もうその動作は妹が兄に飛掛つてその頬に齒形をつけた程荒々しくなつてゐた。

身體を折り曲げ、顔をまつかにして、雨にびしよ濡れ、頭から足の先まで泥だらけになつた彼は一見誰だか見分けがつかない程だつた。激怒が彼を畸形にした。彼を吃りちらした。

虐殺ごつこをしてゐるこの人達を變化させるには瞬（まばたき）さへすればよい。叩き合ひ。お互に自分が正しいんだと大聲で叫び合ふ。何回もそんなことが繰返へされた。身體を小さく竦めた家族はもう何も肯（き）かなかつた。それは爭鬪（あらそい）の切れ端であつた。そこから勝手氣儘な脚體や引締つた拳や折れた脚などが飛び出す。みんなはつツ立つたまゝ抱擁する戀人同志の樣に四方八方に動搖した。お互はその生命が終りを告げてゐることや、また大喧嘩が止んだ時には、そこに空虚と不可能と死だけしか他に殘つてゐないことやを知つてゐた。のに、人々は尙も叩き合つた。嚙み附き合をした。着物の上から嚙み附いた。叫び聲は止んで了つてゐた。默りこんで人々は叩きあひをした。が、長い爭ひの後、さすがに人々の打擊は次第次第に弱くゆるやかになつていつた。打勝つことの出來ない疲勞にもかゝわらず昂奮した彼等は立廻つた。母はへたへたと膝をくづした。恰も致命傷をうけて死ぬ馬の樣に。と、どうしたのか、みんなは酷(むご)たらしく彈きとばされた。妹は獨樂の樣に廻つて扉の傍まで投げ飛ばされ、均衡を失つて倒れた。激しい衝突のために姉は石化した。例へて見れば、それは大旋風の後の被害を檢證した時の樣に、彼女は呆然として、つゝ立つた儘、放心狀態を續けてゐるのだ。と、突然、彼女は妹を跨いで逃げ去つた。

そこには、殺人犯人がする樣に、身體を前にのめり出した息子だけが殘つてゐた。半ば開いた彼の口からは血が流れてゐた。彼もまた神の信徒と殺戮とを比べあつた。俺は墮落した、と彼は思つた。ふと、妖精達を呼び、彼等に助けられて天井へ飛び上り、そこにへばりついてゐたら逃げ場所があらうと彼はそんなことを考へた。彼が大人(おとな)だつたことや彼が正しかつたことや神樣が彼の味方をしてゐたことやを證據立てるために奇蹟が是非とも必要であつた。彼は、天使達は彼を愛してゐたなどと考へながら飛び上ることとさへ試みた。

が、奇蹟は到來しないので、目にみえぬ空氣と風の壓力が彼を床の上に投げつけ、力づくで彼を跪かせた時に彼は逃げだした。(神樣、神樣、神樣、神樣、どうぞお許し下さい。神樣、あなたは何にもして下さいませんでした。神樣、あなたは奇蹟をちつとも起して下さいませんでした。神樣、あなたは……)と叫び乍ら彼は手を合せた。

丁度、その時、壁の下にくづれおちてゐた妹も泣き乍ら手を合せてゐた。母は拳を天の上へさしのべてゐた。それから、息子は立ち上り、母に走りよつて彼女を抱き起した。

奇蹟が起つた。母は泣いた。激論のはじめから彼女は泣かなかつた。ところが、息子が彼女を抱擁しただけで充分だつたのだ。

(——私達はどうなつてゆくのか知ら?)と彼女は云つた。

(——われわれがどうなるのをお母さんは望んでるのです?　どんな風になるのを?)と、彼は答へた。

——あんたは、こんなことになつたのはみんなあたりまえだとお思ひなのかい?

——どうしてあたりまえでないんです?

——默つて!　姉が彼に叫んだ。云つてはいけませんつたら!

——うん、僕は默るよ。しかし僕は出て行くよ。みんなはそれを望んでるらしいから。

母が彼に云ふ。

——出てゆくのにはいくら欲しいの?

——お!　僕は出て行くのにお母さんのお金なんか欲しかありませんよ!　ぢや、さよなら!)

彼はづかづかと進み、戸をはりとばしてから庭に飛び出た。嵐の後の太陽は夕暮の空に上氣してゐた。走り乍ら、彼は野菜畑へ行つた。

そこで寢ることが出來るだらうとかねてから目をつけておいたある避難所の方へ行く前に彼は何回も心が迷つ

た。たがらしで覆はれた沼地の方へ行く林檎の並木道を彼は進んで行つた。彼はこの沼地の彼方へと足をのばした。耳がぶんぶん唸つた。彼は、これが地球の終りではないか！　と思はれた程の顔のほてりと熱さとを感じた母のことを、行く末のことを、明日のことを、これからの方針のことを……考へなければならなかつた。あまりの悲しさに彼は脚のなかに頭を卷きこんで草を捲りとつたり、皮膚を擦りむいたり、わざと泥だらけになつたり髮で地面を掃き乍ら四つんばひになつて歩き出したりした。彼はあたりを見廻した。ひとりつきり。彼は怒りを靜めて見た。が、苛々するばかりだつた。流れてゐる泉を彼は凝つと見つめた。

行つて了はふ……こゝから出て行かふ……それが若し私に出來たらどんなに愉快だらうか！　たゞお金だけがない。さうして、巴里で、どんな風にしてそれを手に入れ樣かしら……それから、そして、それから……私はどうすることも出來ない。出來ることなら株に手を出しても見たい。お祖父さんは株に手を出してゐたし、叔父さんもやつてゐた……巴里では氣持のよいアパルトマンに住まふ。友達や婦人達、それもひどくかよわさうな婦人達と一緒に暮さう。巴里で、彼女達は熱愛するであらうか？

草の上にねころんでゐると、林檎の木から樹皮の黑い小さい片がおちてくるので彼は目を閉ぢる。飛び交ふてゐる燕のうちの一羽は家畜小屋に住んでゐる。他のは家のなかに住んでゐる。あとの殘りは多分、村のどこかに住んでゐるのに相違ない。燕が囀つてゐる間に、熟した林檎が木からほどけ落ちて地面を深く凹ませる。

一日が早くすんでくれるやうに……私は旅行のことや財産のことやを豫言してもらつたが、やつぱり、もう二年も待たないといけないのだらうか？　これからまだ二年間？　迚も私には出來ないに定つてゐる……

蠅の羽搏きが聽えて來る程空氣は輕かつた。柳の枝がひとりでに寬ろいで、飛び去つて行く鳥のあとを追かけた。

思ひ出のなかで、それは氣持ちのよい土地ではなかつた。のに、何かゞ、庭一面に感じられに。樹の幹や木苺や瀑つぽい青草や野生果實等の香。

……あのすぐりの木をもつとよい隅つこへ植替へせなければいけない。あんなところにおいたのではすつかり駄目になつて了ふ。少くとも、この庭はあんまり手を入れすぎる。若し人々が私の云ふことをきいたなら、苔と雑草とでこの庭を一杯にするのに……

彼はねむる。

田舎の怒りつぽい子供達をねむらせる空氣は子供達の野心に力を添へるであらうか？

黄昏。小婢が乳絞りから歸つて來る。彼は樹々の間を通つて行く彼女を見る彼は起き上ることに決める。腹がぺこぺこだ。どんな方法で家へ戻らうかしら？

彼は家に近づく、階段を上り乍ら、彼は答へてゐる母をきく。

(いつたのかしら、あの子は？　こゝに住んでゐることを、大變滿足してたのに。何があの子に、不滿なのかしら？)

顔がほてる。襲ひかゝる怒りを彼は感じる。誰が歸るものか！　けれども彼は戸を開けて母の前に立ち現はれてゐた。彼は母を凝つとみつめる。彼は、彼がさつきの侮辱の數々を決して忘れてゐないことやこゝへまた戻つて來たのは挑戰のためであることを宣言する。

食卓の用意が出來る。彼は食べる。悲痛な顏をしながら。犬達がひよつこり現はれる。彼は立ち上つて犬達を愛撫する。姉妹達は泣いてゐる。內心では動搖はもう鎭つてゐるのに、臆病がみんなの心を別々にさせるために誰一人も顏を見合はさない。

## 8

喧嘩、臆病とで一日を暮したその翌日、隙間から再び重荷が入り込んで來た。鐵面皮、橫柄な態度が再び始まつた。みんなは絕えず何氣ない風をしてゐた。それは空笑談、空笑ひでしかなかつた。お互に言ひ消したり、こみ入らせたりした。家族の食事は他の人から見れば地獄のそれの樣にさへ思はれた。みんなは世間の人を呼ぶのを避けた。

時々、みんなが默りこくつて了ふと誰もが考へるのだつた。《武器を捨てませう。お互にこんな長距離射擊なんか止めて、打寛ぎませう》と、奇襲が起つた。雷擊。誰もそんなことに注意しなかつたのに皿がひつくりかへつてゐた。みんなは思はず首を竦めた。武器を捨てやうと云ふ馬鹿げた計畫はこの仰天のために釘附にされて了つた。ひざまづいてゐた母は、子供達に、多くの不足と食事の見苦しさだけを持つことを望んでゐる彼等を生み落したことに許しを乞ふた。息子はと云ふと、窓に近より乍ら、飛びおりて死んでやらうかしら、などと云ふかと思ふと姉は外へ飛び跳ねて、《えゝ、やつて御らん！　そしたら私もあんたと同じ樣にやるわ！》と叫ぶ。

苦しさうな犬達は、戸を押倒し、長椅子を踏み潰し、脚を卓布の上にのせ乍ら、みんなの姿を見て急に恥かしがつた。

もともと、みんなは人が好いので、かうした驚きはみんなの本當の言を吐き出させる。若しも、愛によつて母が跪く様なことがあれば子供達は後悔して激しく泣いたに違いない。そしてその泪が怒りを追拂つて了ふ。母が許すとか許さないとかは、この場合問題ではない。それは急變によつて生じた。心の奥底から迸り出た言葉が問題なのだ。食事のための唯一の言葉。各々が特權を自覺し、それを延ばさうと努める程甚だ稀な言葉。息子は苦しみを話す。過去のことを、ずつと以前のことを告白する。姉妹達は叫ぶ《お母さん……お母さん！　お母さん……》

遂々、母は造作なくみんなの愛を我物にする。母は、この愛がもう途絶えないのを、この例外的の感動が一生涯續くのを欲する。彼女は物の斷片や形體、犬の驚ろいた目などを凝視する。彼女はそれらのうちに様々の像(イマージ)を取つて置く。彼女は、一にも二にも子供達に服從しやうと考へる。

彼が母を宥めたのはこの食事の終りであつた。母を宥め乍ら彼は自らを紛らはした。丁度この時、母は、愛情のどんな形式で身も心をも溺れてゐたのかを見分け得たであらうか？　彼女の唇は微かに動く。彼女は話さうとする。何を話さうとするのか？　こんな單純な魂でどんなことが云へるであらうか？　瞳のなかの血！　咽喉の血、まつかな心臓！　母のひどい熱(ほてり)。この極度の感激、熱狂的信仰、狂亂こそは、あの「休戰」の夕方、マルセイユを歌つてゐた、凍つた田舎道をかけて行つたあの母と同じではないか！

彼女は片言を云ふ。泪をたゝえてゐる娘達は互に口づけをする。母は子供達に、彼女がみんなを愛じてゐることや誰もが彼女の愛を知らない、それを知つてゐるのは息子だけだと云ふ。

もう何にも云はずにこゝに留つてゐやうかしらと彼は思つた。

が、母はそれを云へばたしかに息子を遮ぎることが出來たであらうのに、躊躇して、どうしてこんなに臆病なのであらうかと思はれる程非常にやさしい調子で話す。彼女は、彼女が子供への愛のために犠牲になつたことや崇高な思ひ出を僞りのない泪をながしながら話す。彼は母の胸から離れなかつた。母のコルサーヂはらうあんどの香りがする。幸福そのものの様な幻惑。彼は勝つたのだ。

が、斯樣な大きな愛の前にはもう厚顏ましさとか貞潔さとかは何にもならない。打ちあけ話は全く純潔である彼等は抱擁する。彼等はすべてのことを忘れて了つてゐる。

卓子の端に腰かけてゐる姉妹達は分つたのであらうか？　狡猾な彼は眼瞼をさげ、姿勢を變へて姉妹達の注意を外らす。光榮に滿ちた音樂、王や君牧師の音樂の助を挨つて、それは彼に、外交術にたけた廷臣のポーズを採り、諸々の計略を失配させるやうに思はれる。彼は三銃士や年寄つたダルタニアンのことを考へる。ダルタニアンはすでに青春を失つてゐたから、その時代もすでに彼から離れてゐたわけだ！

彼は目を開けた。部屋は影でみちてゐた。その影は彼に共犯者の樣に思はれた。彼は、腕のなかに頭をうづめてるたり、卓子の上に腕をおいてゐる姉妹達が黒い地帶にゐるのを見た。いつのまにか母は默つてゐた。みんなは身動きもしないで睡らうとした。これだ！　彼がずつと前から希つてゐたのは。それは昂奮してゐたためでもあらうがちよつと見ると、みんなが椅子の上にへたへたと倒れこんでゐる樣にさへ見える。母は息子に、彼が母の脚をくぢかせたんだと云ふ。これ程の壯嚴のあとで、靜けさが感情のなかに現はれた時に、一たいどんな方法で別れやうかしら？　みんなはお互が相遠ざかつてゐるのを感じてゐる。誰もがぱつたりと視線が合ふのを怖れてゐる。そして彼等は何かの發端を待ち侘びてゐる。音が始まる合圖でも、犬の哀訴でも、口論でも。取るに足らぬどんな物事でも彼等をよろこばせるにちがひない。彼。彼は遂に溜息をつき乍ら階段を降り、いくつもの庭や道を横ぎつて一目散にはあはあ云ひ乍ら走つて行く。

みんなはかうなるのを待ち望んでゐたのだつた。

9

〔わが子よ、お前は働かねばならない！〕

その頃、禽獸を愛するあまり、彼は飼養場を建てないではゐられなかつた。彼は總ての種類の動物をその人格的動作に從つて育て上げる。彼は帳面をその編制法、計畫、元値、賣價などで埋める。土地の建具師に杭の上に乘せる二重づくりの內側をもつた塒(とや)を注文する。母はこの費用倒れの飼養場がゴオル人の湖上都市にそつくりのつとつたものであることに氣づかない。が、いつかはかうした形式を何かの金縁の本でみつけることだらう……

動物達を自由に散歩させると云ふ口實の下に小川には一つだけの橋弧のある橋が懸けられる。彼は園場の中央に素晴らしい子羊の群を想像する。産卵能率のチャムピオンの血筋をうけた雛達が英國から飛行機で到着する。園場の中央に、彼は保溫育成器を据附ける。彼は十五種類の牝鷄を持つてゐる。

手帳の中には動物の雜種のことが順次に記入されてゐる。彼は野鴨と白鳥とを、牛、驢馬のやうな大きな動物とまぜこぜにする。彼は、物をまたゝきもせずに永い間ぢつとみつめてゐる數頭の驢馬を持つてゐる。

母はたまげてゐる。彼女は今までに一遍もこの幻劇から少しでもの收入があつたのを見たことがない。それのみか、その反對に、この幻劇そのものよりも餘計に費用がかゝつた。いくつもの柵が野原を區切る。野原、そこで彼は馬にのつて仕事を監督する。彼はぼんやりとカウボーイ達を、活動寫眞を、無數の種馬のことを夢みる。

長い夏の午後の間、彼は養鷄場の園のなかで地面に轉がる。鷄達を飼ひ馴らしたり、誘惑したりするのはこの時だ。すると、犬達は櫻の高い枝を跳ね上つてつかまへる。彼が小さい時から考へてゐた遊びが彼のまわりで演じられる。村の惡戲小僧達は英國の雛を育てにやつて來る。すつかり狼狽した姉妹達はうまく釣り込まれたのだと母を批難する。毎朝、彼女達は新らしい誕生や新しい小屋を調査する。そして大きな家畜のラヴ　シーンに出くわすと彼女達は窓の下まで卷きもどつて了ふ。

母は諒解するために最後の努力を試みたらしい。この努力はすごいものだ。建てられる掛小屋、新しい鐵網（カナアミ）、園、家畜小屋等を數へないために目を閉ぢて、頭を彼の方へふりむける。けれども、彼女は息子のえねるぎいに注意し、彼を力づけ、褒めそやさないわけにはゆかない。彼女は彼が血色のいゝ顏色をして話してゐるのを認める。彼女の意に反して、彼女の心は、地上のあかりを發明し、他人の樣に働きを大きくする、現實の世界に慣れることが出來ないこのエスプリを褒めたゝえる。若しも彼女が罪あるこの共同事業で息子と妥協することに努力したならば、ひよつとすると彼女は血管のなかに祕密に流れてゐる架空の血を識つたかも知れない。

彼は家畜の街（まち）を建設した。

多くの家族達は評判の《布張にした鳥屋》を見物するために呼鈴を押して案内を乞ふた。その人數によつて案內されたり、つき戾されたりした。

夜ともなれば、ぶらぶら歩きする人達は畑の溝や柵や廣々としたこの圍場の板塀などに沿ふてぶらぶら歩きをした。彼等は沈默や空虛に沿ふて進んだ。が、犬達はいつまでも答へあつて吠えつづける。と、夢の國にゐる人達が動搖しはじめる。薄絹が觸れ合つてゐる樣な羽搏。とまり木の上にのる脚の音。微妙なざわめき。目を醒ました彼は夜廻りのために起き上る。ある夜、彼が母の部屋の前を通つた時、《何故へゆくの?》と母は叫んだ。彼は答へ樣とはせずにそゝくさと進んだ。是非とも家を出る必要があつたのだ。が、それにしてもどうしてこんなにまでして芝居をする必要があつたのか?　翌日、彼は母が目をまつかにしてゐたのを見た。

彼女はかうした夜の脫走が何にもならないのを知つてゐる。では彼女は何を考へるのが?　彼女だつて、道の上を目當なしに走つたことがあつたではないか?　のに、どうして彼女は、息子が彼女とは違つてゐることを考へないのであらうか?

次の夜、彼は、庭から、動かない窓の幕をながめた。彼は、何氣なく、身をかくし乍ら忍び戶の方へつま先で歩いて行く工夫をした。忍び戸を開けて、野原へ出た。凍てついた月光の道。こゝは、かつて、母が白い野原へゆく時に躓いたところである。窓硝子から少しも動かずに彼の歸りを見張つてゐた淋しい顔のことを彼は思ひ出した。彼は大跨で小屋を通りすぎた。家畜達はねむつてゐた。頭を顫はせ、目をみひらいてゐた羊はたしかに夢見てゐたのだ。犬は彼に愛を示すことに一生懸命だつた。彼について來ることを思ひついて大速力でかけ出したり、突然、また戻つて來たり、地面にへたへたと座りこんで臀を持ち上げたりした。犬の目は泪で濕んでゐた。犬の愛は非常に大きく、單純だつた。そして、犬は、彼が自分を愛してゐてくれるであらうかをやつとのことでたのみこんだ。

夢中遊行者は母や動かなかつた幕のことやをすつかり忘れてゐた。思ひ出したのは寢床のことだけだつた。そして、彼は犬に愛をつげるために、熱狂した犬の樣に、踊つたり、泣いたり、噛み附いたりしたくなつた。

母のお金は少なくなつていつた。

(辛抱しなければなりません。と、息子は云つた。飼養と云ふものはそんなに早く、たやすく結果がみえるものではありません。どんな眞面目なことをやるにしたつて同じことです。もう二年間だけ待つてて下さい。私はきつとうまくやりとげますから。現在のことばかりを見てぶつぶつ云はないで、どうぞ、これから先のことを考へて下さい!)

彼は蝸牛や銀狐や駝鳥等をも養成してやらうと考へた。そして、アメリカ式の方法で牧養家達に賣つたらいゝなアと思つた。

ある日、母はそわそわしてゐた。姉妹達は彼を見るときつい目をした。こんな小僧を母が信用してゐることが解せなかつたのだつた。弟が何を知つてゐるものか？　そもそもこの詞養と云ふのは馬鹿の骨頂だ。たしかに母は娘達が彼女に忠告しやうとしてゐたことをあまりによく知つてゐた。が、まあまあもう少し、と希望をつなぎ、我慢しながら、母は失敗の確かさに意見を異にした。

危急存亡の瀬戸際にぶらさがつたこの飼養場は曖昧な雰圍氣の方へその羽根を延すやうに思はれた。曖昧な雰圍氣。そこではどんなちよつとしたことでも重要となつて來る。詩人達はそこに落ちつかれない。財產の重量を支へるにはあまりにも微力な彼等は、ふとした機會にその重さを外して了ふ。

このエデンの園、このノアの方舟は四方八方へ悩ましい臭氣を發散させる。そこには、ヴェルサイユ宮殿にも似た養鶏場があつた。毎日、人々の潜伏所をみつけだして玉子で籠を一杯にする。來る日も來る日も、數人でよつてたかつて、たまげきつた牝鶏や發狂した様に暴れる雌家鴨やを家に護送した。

人によく馴れた溫和しい牝鶏達は、ある時間になると、定りきつて戸を叩き臺所に亂入して來て、犬達や猫達の食物を盜み食ひした。それは全く種屬と種屬との戰爭だ。白い毳が高い所からおちて來て、みんなの口と云はず袖と云はず神經質の姉妹達の毛髪にまで入り込んだ。それは「動物」の「人類」への侵入だつた。さうかと思ふと、ある可愛い、丁寧で、馬鹿正直な牝鶏達は、御主人の家で食べたり遊んだりしてもよろしいか？　と云ふ様な顔をしたり、歌つたり、靜かにねむつたりした。

牝鶏達は玄關、廊下、食堂、上等な卓子の下……と到る處に野營した。彼は最も寵愛してゐる牝鶏達に名前をつけた。大きなズボンをはき、餌袋をもつてゐる一羽にはレオカディと云ふ殉教者の名前をつけた。大膽にも單身で雄鶏に挑戰する圖々しい巨大な牝鷄はアナイスと呼ばれてゐた。そこにはアナイス黨とレオカディ黨とが存在してゐた。髓まで遺傳をうけた雄鷄は步哨の樣に鬪場の城壁を大股で步いた。叫び聲と歌とは每々瀕々と行はれる戰の儀式であつた。そして、その戰の小さな犧牲者は息子にとつて呪咀であつた。放埒なある鷄の家族は、一層遠くに住むために、每週、汚い部屋を出て行つた。食物を踏みつぶし、水かひ場の水をひつくりかへし乍らこの水かひ場には每朝早く粉末の胃腸消化劑が入れられた。これは人畜に無害だつた。

この騷ぎのまつたゞなかで、息子は尤大な趣意書を折り曲げたり、糊で貼つたり、寫したりした。物々しく編纂されたこの趣意書は通稱、亞米利加式と云はれる調合水藥を激賞してゐる。（季節を論ぜずに、鷄に卵を豐富に産ますには、科學の粹をあつめ、最優秀要素のみを集めたるこの卓越せる飼料を使用さるべし）

粉藥を混合し、殺到する注文（が、まだ一つの注文もやつて來なかつたが）に應ずるために、煉瓦づくりの建物が建てられゐた。勞働者達は器用な手つきで袋の腹を割いて、赤い粉と白い粉とをまぜごぜにしたり、それを綺麗な袋の中に一杯につめて口を縫合したりした。かうしてすつかり出來上るとその袋々に荷札がつけられ宛名がしたためられ、遂に荷車の上に積まれる。そして意氣揚々と驛へ運搬された。

ぶりぶりした娘達は母が、泥をまき散した、堅い、草木の生えてゐない土の上に、無感覺になつてゆらゆらとしてゐるのをみつけた。母の頭は痲痺してゐて、いまにも彼女は絕息しさうであつた。彼女は雄鷄の決鬪を聽いてゐたのだ。實に疲れてゐる！　疲れてゐると云へば、內證でこそこそと相談してから、哀れな犧牲者を取圍みその犧牲者を抱きしめ、わけのわからない振舞の動機を尋ねる、圖々しい娘達もひどく疲れてゐる！

（こんな馬鹿げたことは誰だつて一度もみたことがなかつたであらう！）
（母はへとへとになつてゐたので、窓から金をなげなかつた。が、これはきつと姉妹達が邪魔をしやがつたんだな）

けれども母は反抗した。彼女の本當の役割を取戻すことが彼女は出來る。今、彼女には寛大が是非とも必要なのだ。どんな悦びを以て、彼女は不合理な子供を守ることが出來たかしれない！　この務めあるが爲に、彼女は生甲斐を感じてゐるのだ。

喪中にある家族だつて容赦なく法律をさしむける公證人役場の樣な娘達は、五月蠅くなるほど、この新しい塒(とや)のことを攻撃した。そして母の彼に對するちよつとした愛情をも咎めた。

（あゝ！　お母さん、徴税請負人に一度お頼みにはなりません！　專門家に相談しませう。專門家はきつとこの仕事についていゝ事を云つて呉れるに違ひありませんわ。どんな職業なの？　牧養家？　婦人牧養家？　えゝ！　さうですよ！　お母さんは、私達の小作人が下手に物を仕入れたり、それを建てるのに數ケ月もかゝつたものを無茶苦茶に壞したりするのを御存知ないんでせう？　その證據にあの豚小屋を見て御覽なさい。私達はもうこれ以上迚も我慢が出來ないと云ふことをお母さんに前以ておしらせします。こんな嫌なことを私達がとや角云ふのはみんなお母さんの爲を思つてゐるからです。でなかつたら、私達はお母さんをほつておきます）

その答へは素ら晴しかつた。その氣高さ！　樣子を窺つてゐた息子は話をすつかり聞いてゐたのだ。感激のあまり、彼はとびだしていつて母の膝に倒れ込みたい程だつた。

小さい驢馬達が多辯家(おしやべり)の傍にやつて來た。驢馬達は何處へ行くことも許されてゐたのだ。姉妹達は、恰もこれらの驢馬達が一つの證蹟を持つて來たかの樣に、威丈高になつて彼等をみろと云はんばかりの顏をした。姉妹達は肩をそびやかしてから家の横手へ遠ざかつて行つた。廊下のところに隱れてゐた息子は憤怒でまつかになつた姉妹達が近づいて來るのを見た。彼女達は金箔の飾りがついた長い着物をきて、鼠花の羅紗の釦つき編上靴をはいてゐた。外へ出ないときにはこの古びた夜會服を著るのが習慣だつた。これが習慣となつてゐたから誰も別に奇異な感じを抱かなかつた。が、今日に限つて彼はこの異樣な服を纒つてゐる姉妹達の樣子がまるつきり英吉利の醉つぱらひ女達に見えたので、彼は突然、どつと腹をかゝえて笑ひ出した。と、姉妹達の怒り！ それは丁度金襴錦の擬（まがひ）をきて舞臺に立ち現はれる町の芝居の女主人公そつくりの樣な滑稽さだ！

　彼は逃げ出し、母の許へかけつけた。

《——あのね、あんたに話すことがあるから私についておいで。

——私に話しがあるんですつて？ なぜお母さんについてゆくんです？ こゝで話して下さい。

——眞面目なお話しだから、こんな塒（とや）では都合が惡いんだよ。なアに、なんでもないんだよ。そしてあんたでないと話がしにくいんだよ。その話と云ふのはね、あんたの姉妹達が私にあんたのことや飼養場のことを五月蠅く話すんだよ。私はそれを聞くたんびに苛々するの。あの人達は、私達が澤山お金を使ふばかりで財布のしめ括りをちつとも考へないから、今に破産して了ふに違ひない。で、若し、私達が落魄するのが嫌なら、今だつたらまだおそくないつて云ふんだよ》

　餘計なおせつ介だ！ 彼は少しも笑はなかつた。彼は臆病なんかふきとばして了つて、辯明し、いきりたつた

《まあ、さう怒らないで。私はたゞあの人達の言葉をあんたに傳へるだけなんだから》 廣大な事業のことがちつ

とも解らないなんて、何と云ふ馬鹿な奴等だ。あいつらは目先のことだけしか考へないんだ。貪慾のために理解力なんてものを未塵も持つてゐないんだ。今が一番危い時なんだ。そして今が一番投機者が持つてゐる様な冷靜さが必要なんだ。のに、今若し辛抱しなかつたらもう何もかもめちやくちやだ！

《さあ、お母さん、私に接吻して下さい。そして公證人に電話して下さい。明後日（あさつて）、牝鷄のために一萬五千フラン要るんですから》と彼は云ひ放つた。

次の週、母と息子は村長のところに呼ばれた。二人は、そこで、默つて讓歩した。母は少し充血してゐた。息子は傲慢な態度をとつてゐた。

小言は嚴しかつた。ルイ十六世の宮人の氣質を承繼いではゐるもの丶、すぐに反抗心をとびださせる村人達はこの惡臭に對する物凄く長い歎願書を村長に差出したばかりだつたのだ。風と嫉妬がこの惡臭をずつと遠方にまで傳播してゐたのだつた。

母は最初のうちは溫和しくきいてゐたが、あまりのことに娘達に對する時の様な氣持になつて憤慨した。

《そんなに云はれますが、村長さん、私は家畜達を家の中に住ませて居ります。ですから小作人の人達は私よりもつと上品である筈ではないでせうか？》

歎願書が矢張りものを云つた。正義はどこまでも正義であつたが、惡臭を是非ともなくして失はねばならなかつた。一週間たつと田園看守が調査に來ることになつた。飼養場に戻つて來ると二人は隅々を嗅ぎ廻つた。私達は毎日ちやんと塒や豚小屋や家畜小屋やを消毒してゐたぢやないか……と肩をそびやかし乍ら權幕づいた。死んだ家畜はすぐに埋めて了はふ。

姉妹達は嘲笑つたり、鼻をつまんだり、頭をそらしたり、或は「ラザール」の復活祭の原始人の様な姿勢をとつたりした。彼女達はともすればヘチマ水をふり撒いた自分達の部屋へ避難しやうとした。建具師が塒の各部屋のなかに小さな格子を仕上げてから、雛達はむしむしする仕切り間から乾燥した仕切り間のなかへ移された。人工孵卵器は一號の仕切り間を生れたての雛で一杯にしてゐた。小屋のなかには肉づきのよい肥滿したフランス種――ファヴロル、ブレッス、ガチネイズーが住んでゐた。夜明けから、このフランス種は方舟の歩橋(カチバシ)を模造した大きな陸橋をつたつて庭にやつて來た。鷄達はまだ湯氣のたつた糞や卵や雛やを滅多矢鱈に踏み潰した。騒ぐばかりで手も足も出ない牝鷄達に彩られた毳の雪がふりかゝつた。彼女達はたまげきつてゐた。「先導者」は身體をせわしく振り動かしてゐた。牝鷄達は雄鷄達によりかゝり乍ら異口同音に不服を唱へたり、風にゆらゆらしてゐる垂れ下つた、半ば腐つてゐる梅の實を啄いばんだりした。

家の人達はぶるぶると顫へてゐたり、默りこんでゐたり、お互の顏色を窺つたり、腕組をしたり、席順をつめたりした。姉妹達が鼻をつまむと母と息子は目と耳とを塞いだ。雄鷄が木の枝で炙られた後、食膳にのぼつてゐた。誰もが奇蹟が起つて方舟が勇敢に漕ぎ出るのを今か今かと待つてゐた。今となつては、方舟だけが天賦を維持(も)つてゐたのであつた。

百性達の請願は、豫想をうらぎつて失敗に了つた。

法律が是非とも必要である樣に、この途轍もない建設もまた不可避な存在理由を持つてゐたことが調査官によつて證據だてられた。その結果、家族達は土地の人々から憎まれるやうになつた。息子の事業を、みんなは、雛に餌をやるのを仕事としてゐる間拔けの小僧なみに見てゐた。果して彼は村人の反感をかつてゐたのであらうか？ある日、彼は人々が畑で拳固を振り上げてゐたのや舌を出してゐたのやを見たことがある。月夜の晩など、彼が櫻實のみのらない櫻の木によじのぼつてゐると誰かゞ不意擊をくらはすことがしばしばであつた。が、彼は案山子の樣に御輿を据えて平氣の平座で、ぐうぐうと鼾をかいた儘枝の上でねむつて了つた。

夜廻りの時、彼は時々シヤツのまゝでぶらさがつてゐた幽靈を見たことがあつた。時折その幽靈の聲をきくとあまりの怖ろしさに息がつまつて聲をたてることさへ出來なかつたことがあつた。

## 10

その結末は全く悲慘だつた。今日になつても、母は寢床の上に起上つて、夢で、それを聽く。それが夢であることを母に納得させなければならない。

あゝ、あの夜！　もうすんでのことで、姉妹達はまつかな草の中に轉り落ちるところだつた。村全體はこの家族を憎んではゐたが、馳けつけて來て、母や姉妹達を幾多の不幸の天晴れな女丈夫だととりどりに噂し、同じ悲劇の中心人物であるこの青年を尊敬した。とも角、人々が彼を賞めそやしたのは本當だ。我々は次に母に代つてその物語りを話してみやう。

手短に云へば、眞夜中に、姉妹達の一人が犬のために目醒されたのだ。けたたましく吼える犬達。犬達が眞夜中に、吼えたのは何にも之が最初ではなかつた。が、あまりに奇異なために彼女は起き上つて、窓を開けたのだと、彼女は、犬達がまるで氣でも狂つた樣に庭のなかで戸から戸へと跳け返つてゐるのを見た。煙つた空氣。焦げ臭いにほひ。火の子が飛散してゐた。彼女はその上に打掛をなげつけると《火事》と叫び乍ら階段を飛ぶやうに降りた。

家族、つぎつぎの著物をきた召使達は周章て飛び出して、混亂して園場の方へ走つた。工場からざわめきが聞えだした。そしてそのざわめきは小屋や家畜小屋や家畜小屋等の隙間から滲み出て來る煙を追ひのけ乍ら到るところから聞えて來た。と、忽ち、屋根から焰がどつと立ちのぼつた。間もなく、それが順序である樣に愉快さうな無數の焰はすつかり擴がつていつて。

みんなは急ぎ押しよせたがひどく周章てふためいた。家畜小屋、厩舍、納屋、塒等の戸が開けられた。壓し潰された牝鷄達。噎び泣く犬達。恰も虐殺せられてでもゐるかの樣な悲鳴をあげる兎達。彼等は聲を涸らして叫んでも出やうとはしないので、仕方なしに力づくで救け出さねばならなかつた。が、救助者達はわけもなく騷ぎ立つばかりで、大勢でよつてたかつて一匹の兎のあとを追ひ廻したりした。

主家（おもや）だけが辛うじて危險から免れた。一目散に家へ馳け戻つて、帳簿や卓布類や書類入やコーヒ・セツトや寶石函なとを二階から投げ落とした母のあの有樣！　彼女は一心ふらんに、しかし賞讃に價する冷靜さで立働いたこの見當外れの殺戮が役立つたことを理詰めにせねば氣が濟まなかつた。そしてそれを解きあかすことに一生懸命になつた。山の樣に高い、よせてはうち返す大浪の樣な焰が影のなかに佇んでゐる彼女の姿を時々さつと併合した。猛火越しにこちらからみると、シヤツ一枚になつた人々のなかで母が何かを手眞似で話してゐるのが判然と見ることが出來た。鷄達は空に飛びあがつた。が、空中でぶつつかりまた地面に落ちて來た。あの子羊達は？

子羊達にどう云つてやつたらいゝのか？　彼等は跳ね廻つてゐた。が、それは怖ろしさのために踊り狂つてゐるのだ。一羽の牝鷄は發狂して了つた。そして草の中でのたうち廻つてゐた。綱を解かれた一頭の馬は鼻孔を顫はし乍ら、母が色々のものを積み重ねた家の周圍を馳け廻つて、數々の貴長な品物を蹴散らかした。

火事が下火になつて、焰が消炭になつた時、家族達は、やつと、自分達の足の間に犬達がゐるのや、四角形をつくり乍ら枯草に座つてゐるのを氣づいた。家畜達は何處かへ姿を消して了つた。そこかしこに、樣々な色をした火を背景にして、煙花師にも似た人達が聲高々に號令してゐたり、目に見えぬ何かを追廻してゐた。

花火が本當の花火となつたのだつた。亭のなかに仕舞ひ込まれてあつた花火の斷片が、この事業の破滅の原因を齎らしたローマ蠟燭と觸れ合ひ、それが爆發し、遂に發火したのだつた。

少したつて、放火犯人探しが始まつた。人々は木立の近くをうろついてゐた一人の青年に嫌疑をかけた。が、姉妹達はどうやらくすりと笑つてゐるらしい。彼女達の一人は弟をきつとみつめながら云ひ張つた。

(私達は、誰が火放けをしたのかをよく知つてるのよ。そして、その證據もちやんと云ひあてられるのよ)

母は呆氣にとられてゐる息子を凝視した。今度は、彼はなんにも云はなかつた。まつかな顔。睫毛の緣に泪して。(つゞく)

## 編輯後記

第四號を送ります。

三伏の暑を戰ひぬいて、同人一同益々元氣です。

ただ脇田隼夫が宿痾のために、急に僕たちから去つてしまつたことは殘念至極です。

君の靈の安らかならんことを、僕たちは心から祈るものです。

---

若園君の飜譯「悲劇役者」は全譯完成したのですが、頁の都合であと一二回に分載します。

---

購讀申込は岩波書店へ、雜誌寄贈その他の一切は左記宛にねがひます。

神田區岩本町三四（江口方）　青い馬編輯


昭和六年九月十七日印刷　青い馬
昭和六年九月二十日發行　第四號

定價金參拾錢

編輯兼發行者　東京府荏原郡矢口町安方一二七　坂口安吾
印刷者　東京市牛込區山吹町一九八　萩原芳雄
印刷所　東京市牛込區山吹町一九八　萩原印刷所

定價　一部　參拾錢
半ヶ年分　壹圓八拾錢
一ヶ年分　參圓五拾錢

前金、直接御申込に限ります。

發行所　東京市神田區一ツ橋通町三　岩波書店
電話九段（33）一二八一番　二六二六番　二一〇八番　二一〇九番
振替口座東京二六二六〇番

《復刻版刊行にあたって》

一、本復刻版は、浅子逸男様、庄司達也様、公益財団法人日本近代文学館様の所蔵原本を提供していただき使用しました。記して感謝申し上げます。

一、復刻に際しては、原寸に近いサイズで収録し、表紙以外はすべて本文と同一の紙に墨色で印刷しました。

一、表紙の背文字は、原本の表示に基づいて新たに組んだものです。

一、鮮明な印刷となるよう努めましたが、原本自体の状態不良によって、印字が不鮮明あるいは判読が困難な箇所があります。

一、原本の中に、人権の見地から不適切な語句・表現・論、また明らかな学問上の誤りがある場合も、歴史的資料の復刻という性質上、そのまま収録しました。

三人社

---

**青い馬　十月號　復刻版**

青い馬　復刻版（全7冊＋別冊）

２０１９年６月２日　発行

**揃定価　４８，０００円＋税**

発行者　越水　治

発行所　株式会社　三人社

京都市左京区吉田二本松町４　白亜荘

電話０７５（７６２）０３６８

組　版　山響堂pro.

乱丁・落丁はお取替えいたします。

十月號コードISBN978-4-86691-131-1

セットコードISBN978-4-86691-127-4